Hans-Ulrich Daab

Krumme Geschäfte

Ein mittelalterlicher Roman
mit einer Einführung in die doppelte Buchführung

für meine Familie

Hans-Ulrich Daab

Krumme Geschäfte

Ein mittelalterlicher Roman
mit einer Einführung in die doppelte Buchführung

Roman

Bibliografische Information der Deutschen Nationalbibliothek: Die Deutsche Nationalbibliothek verzeichnet diese Publikation in der Deutschen Nationalbibliografie; detaillierte bibliografische Daten sind im Internet über http://dnb.dnb.de abrufbar.

Die automatisierte Analyse des Werkes, um daraus Informationen insbesondere über Muster, Trends und Korrelationen gemäß §44b UrhG („Text und Data Mining") zu gewinnen, ist untersagt.

Verlag: BoD · Books on Demand GmbH, Überseering 33, 22297 Hamburg, bod@bod.de

Druck: Libri Plureos GmbH, Friedensallee 273, 22763 Hamburg

ISBN: 978-3-7693-6761-4

Inhaltsverzeichnis

KAPITEL 1 AKTIV KANN GANZ PASSIV SEIN

Militär oder Kloster, das waren die Alternativen, wenn man nicht der Erstgeborene war. Rolnor hasste beide Möglichkeiten und war seinem Vater daher sehr dankbar, dass er für ihn eine Lehrstelle gefunden hatte. Alles war schon lange vereinbart worden; Rolnors Vater hatte mit Thomas Krumme vereinbart, dass sein Sohn bei ihm in die Lehre gehen könnte. Er freute sich auf eine Lehre als Kaufmannsgehilfe. Sein älterer Bruder würde die Schmiede des Vaters übernehmen und da wäre kein Platz für ihn. Außerdem wäre Schmied ohnehin nicht das Richtige für ihn gewesen: das heiße Feuer, die körperliche Kraft und das Geschick, die für diesen Beruf nötig waren, lagen ihm nicht. Rolnor war eher daran interessiert, wie man ein Geschäft führte, wie man es organisierte, wie man es verbessern konnte. Viele Ideen hatte er zu Haus schon geäußert, aber das führte meistens zu Unfrieden. Sein Vater wollte nichts ändern und sein Bruder lehnte grundsätzlich alles ab, was Rolnor sagte. Deshalb müsste Rolnor jetzt eigentlich hochzufrieden sein. Er konnte endlich seinen Wunschberuf ausüben. Dennoch, jetzt wo er hier in Hattenheim stand, überkam ihn ein mulmiges Gefühl. Was würde ihn wohl erwarten? Wäre der Chef freundlich? Würde er mit den anderen Mitarbeitern auskommen? Wird er als Lehrling erst einmal ganz allein auf sich gestellt sein? Wird er Freunde finden? Fragen über Fragen, es half alles nichts, langsam setzte er einen Fuß nach dem anderen durch den Ort und suchte das Handelshaus Krumme.

Endlich hatte er es gefunden. Jetzt schlug sein Herz rasend – nicht, weil er so schnell gelaufen wäre, sondern weil er Angst hatte. Angst davor zu versagen, seinen Vater zu enttäuschen. Was sollte er tun, wenn er hier nicht zurechtkam? Nach Hause konnte er nicht mehr zurück. Sein Vater hatte ihm unmissverständlich klargemacht: „Die Lehre kostet mich einen Haufen Geld, mehr kann ich für dich nicht tun. Dein Erbe hast du hiermit erhalten, ab sofort musst du selbst durch das Leben gehen."

Im Prinzip hatte sein Vater recht - wie so oft - aber es klang dennoch sehr hart. Rolnor war klar: Wenn er hier in der Ausbildung nicht zurechtkam, blieb ihm nur noch der Weg in den Militärdienst. Dort nahmen sie immer junge Männer - aber das war das letzte, was Rolnor wollte. Das Hoftor stand offen und er trat zögernd in den Innenhof.

„Da kommt ja unser neuer Lehrling", dröhnte ihm eine fröhliche Stimme entgegen. „Ich bin Ahlron, die rechte Hand unseres Chefs, Thomas Krumme. Du bist doch Rolnor, oder?" Rolnor fiel ein Stein vom Herzen – nein, gleich mehrere. Ein freundlicher, warmherziger Empfang! So schlimm konnte es wohl doch nicht werden, wie er es auf dem Weg hierher befürchtet hatte.

„Ja, Herr, ich bin Rolnor und soll mich heute hier zum Lehrbeginn melden", erwiderte Rolnor höflich.

„Na, dann stell doch mal dein Pack hier zur Seite. Ich will dir erst einmal das Handelshaus Krumme zeigen und da kannst du gleich was lernen. Ich stelle dir nämlich unseren Laden so vor, wie man eine Bilanz aufstellt. Kennst du dich mit einer Bilanz aus?"

Na, der fällt ja gleich mit der Tür ins Haus, dachte Rolnor froh, dass er sich zu Hause immer für das Geschäft interessiert hatte, aber von einer Bilanz hatte er bisher allerdings wenig gehört. „Leider muss ich da passen."

„Na, das macht nichts. Wir arbeiten hier auch nach einer speziellen, recht neuen Methode, die aus Italien kommt. Die Bilanz ist die finanzielle Zusammenfassung eines Unternehmens - in unserem

Fall des Handelshauses Krumme. Jede Bilanz hat zwei Seiten, eine Seite mit den Aktiva und eine mit den Passiva. Die Aktiva will ich dir mal zuerst zeigen. Unter Aktiva versteht man die Dinge, mit denen wir arbeiten können. In gewissem Sinne sind das alle Dinge, mit denen wir aktiv was tun können. So habe ich mir das zumindest gemerkt."

Rolnor runzelte nur die Stirn. „Das wird dir gleich klarer, keine Angst. Siehst du die Gebäude um uns herum - den Stall, das Lager, das Kontor und das Wohnhaus?" Rolnor schaute sich um. Er stand im Innenhof. Wenn man durch das Hoftor schritt, ging man direkt auf das stattliche Wohnhaus zu. Es war weiß angestrichen und strahlte in der Sonne. Es hatte zwei Etagen und ein ausgebautes Dachgeschoss, vermutlich für die Knechte und Mägde. Rechts an das Wohnhaus schlossen sich die Ställe und ein Schuppen für die Wagen an. Links vom Wohnhaus und auch an der Front zur Straße hin befand sich das Lager und darüber im ersten Obergeschoss auch das Kontor. Ahlron wartete ab, bis Rolnor alles in den Blick genommen hatte. „Das alles sind unsere Gebäude, in denen wir arbeiten, sie bilden sozusagen das Fundament unseres Vermögens, aber das ist noch nicht alles. Komm mit."

Ahlron lief in Richtung der Ställe und des Schuppens. „Hier sind unsere Ochsen und die Ochsenwagen untergebracht - unser wichtigstes Werkzeug. Wie sollten wir Waren transportieren, ohne unsere Wagen und Ochsen? Daher investieren wir viel in unsere Wagen und Ochsen, halten die Wagen gut in Schuss und die Ochsen gesund. Die Wagen und die Ochsen nennen wir Fuhrpark und neben dem Gebäude ist das unser Anlagevermögen. Anlagevermögen bedeutet: langfristig nutzbares Vermögen. Die Wagen halten ein paar Jahre und unsere Gebäude noch viel länger." Ahlrons Redefluss war kaum zu bremsen.

„Dann komm mal mit ins Lager und Kontor. Hier im Lager findest du unseren Warenbestand. Wir handeln viel mit Wein und Tuch, aber auch mit Eisenwaren und Schmiedearbeiten. Daher kennen sich dein Vater und Thomas Krumme. Der Warenbestand wechselt ziemlich oft, daher nennen wir ihn Umlaufvermögen. Das Umlaufvermögen ist dazu da, so schnell wie möglich zu Geld gemacht zu werden. Wenn wir die Waren verkaufen, erhalten wir Taler. Oder - wenn der Kunde nicht gleich bezahlen kann - dann erlauben wir guten Kunden, dass sie anschreiben. Wir fordern dann das Geld zu einem späteren Zeitpunkt bei ihnen ein; daher nennt man das auch Forderungen. Wenn das Geld endlich da ist, dann landet es in unserer Kasse, die verwaltet aber Thomas ganz allein, die kann ich dir jetzt nicht zeigen."

So schloss Ahlron schmunzelnd seine Führung durch das Geschäft. Sie standen jetzt im Kontor. „Kann ich das mal kurz auf einem Blatt zusammenfassen", fragte Rolnor? Jetzt runzelte Ahlron die Stirn: Der neue Lehrling schien ja richtig wissbegierig zu sein. „Ja, mach nur." Rolnor schrieb:

Aktiva:

Anlagevermögen

Gebäude

Fuhrpark

Umlaufvermögen

Warenbestand

Forderungen

Kasse

„Ist das so richtig?" „Ja, gut erkannt und du hast auch die Reihenfolge eingehalten, denn man sortiert die Bilanz nach der Liquidität, d. h., je schneller ich etwas zu Geld machen kann, desto weiter unten steht es in der Bilanz." „Ah, jetzt wird es mir klarer, die Gebäude halten am längsten, daher stehen sie oben, die Waren müssen erst verkauft werden, dann entstehen die Forderungen und wenn die beglichen werden, werden sie zu Geld, das in der Kasse landet, die Kasse steht ganz unten, denn damit kann ich bezahlen und bin liquide."

Ahlron grinste. „Ja, gut erkannt, wenn du so schnell kapierst, dann zeige ich Dir jetzt noch die zweite Seite der Bilanz. Auf der zweiten Seite sieht man, wem das Unternehmen gehört." Rolnor unterbrach Ahlron: „Ich dachte, das gehört Herrn Krumme?" „Das ist fast richtig genau genommen, nun, das kann ich Dir ruhig erklären. Thomas Krumme ist nur der Verwalter. Das Handelshaus Krumme gehört seiner Tochter."

Das war durchaus ungewöhnlich. Wieso gehörte das Unternehmen der Tochter und nicht dem Vater? „Die Frau von Herrn Krumme ist vor ein paar Jahren gestorben und da kam es dann heraus, dass unserem Chef das Unternehmen nie gehörte. Es gehörte immer nur Helene Krumme, so wollten es die Eltern von Helene Krumme, die Händlerfamilie Sassmann. Wir haben natürlich alle gedacht, dass Thomas das Unternehmen erben wird, aber nichts da, da gab es doch tatsächlich ein Testament, das Selsora, seine Tochter, als Alleinerbin auswies und Thomas Krumme nur zum Verwalter machte. Ich sage dir, das muss die Idee vom alten Sassmann gewesen sein, wie man erzählt, war er mit der Heirat seiner Tochter mit Thomas Krumme nicht einverstanden. Und er kennt jede Menge Advokaten, die solche komischen Verträge auch aufsetzen konnten. Na ja, das ist aber alles Klatsch und Tratsch, wie die genauen Besitzverhältnisse sind, weiß hier keiner so ganz genau, außer den Krummes selbst."

Das musste bei Rolnor erst einmal sacken. Ob sein Vater davon wusste? Spielte das überhaupt eine Rolle? Vermutlich nicht. Ahlron führte weiter aus: „Da Selsora ihren Vater über alles liebt und sich die beiden prima verstehen, spielt das für uns hier gar keine Rolle. Selsora lässt ihren Vater das Unternehmen führen. Sie interessiert sich nicht die Bohne für das Geschäft, außer wenn neue Tücher kommen. Sie hat nämlich für Kleider eine besondere

Vorliebe. Du wirst sie noch kennenlernen – sie ist eine schöne junge Frau und immer gut gekleidet."

Rolnor kam noch mal auf die Bilanz zurück, denn er wollte die Lektion für heute vollständig lernen: „Also kann man sagen, das Unternehmen gehört der Familie Krumme." Ahlron war sichtlich erleichtert, wieder ins Thema einsteigen zu können. „Ja, nur nicht vollständig, also der Großteil hier gehört natürlich der Familie Krumme. Das Kapital, das die Eigentümer dem Unternehmen zur Verfügung stellen, nennt man Eigenkapital. Dazu kommt jetzt noch Fremdkapital, also Geld, das dem Unternehmen von anderen Personen zur Verfügung gestellt wird, für eine gewisse Zeit."

„Ah", unterbrach Rolnor, „also Kredite und so was." „Ja, Thomas hat bei einem Geldleiher erst letztens einen neuen Kredit aufgenommen, damit er einen neuen Wagen kaufen kann, der Wagen wird auch bald geliefert und es gibt bestimmt noch Kredite vom Neubau der Stallungen, die sind auch noch nicht so alt. Außerdem gibt es da noch unseren Nachbarn, das Weingut Bassinger, von dem wir schon den Wein im Speicher haben, der aber noch nicht bezahlt ist. Das nennt man eine Verbindlichkeit. Ich zeichne Dir jetzt mal die Passiv-Seite auf Dein Blatt mit dazu."

Aktiva		Bilanz	Passiva
I Anlagevermögen		I Eigenkapital	
1. Gebäude	200	1. Krumme	550
2. Fuhrpark	100	II Fremdkapital	
II Umlaufvermögen		1. Darlehen	100
1. Warenbestand	300	2. Verbindlichkeiten	50
2. Forderungen	40		
3. Kasse	60		
	700		700

„Außerdem hat ja jedes Ding auch seinen Wert, die Zahlen hier dienen aber nur der Verdeutlichung. In Wahrheit ist das

Unternehmen viel mehr wert. Insgesamt hat also das Unternehmen einen Wert von 700 Talern, auf der Aktivseite sieht man, in was die 700 Taler investiert sind und auf der Passivseite sieht man, wer die 700 Taler dem Unternehmen zur Verfügung gestellt hat."

„Und das ist auf beiden Seiten immer gleich viel oder ist das hier nur Zufall?", fragte Rolnor ungläubig. „Nein, das muss immer so sein, überleg mal, gibt es irgendeinen Gegenstand, der niemandem gehört aber trotzdem einen Wert hat? Na, du hast keinen gefunden, gell, sonst könntest du dir den Gegenstand ja nehmen und schnell verkaufen und reich werden. Nun aber genug für heute. Jetzt zeige ich Dir erst mal deine Kammer - sie liegt hier im Kontorgebäude, direkt unter dem Dach."

Ahlron und Rolnor stiegen noch eine Etage nach oben und Rolnor konnte die Dachkammer beziehen. Am Ende eines langen Tages lag er auf seinem Bett und dachte noch einmal über den Tag nach. Er hatte es gut getroffen. Sogar eine Kammer für sich allein, auch wenn sie sehr klein war. Neben dem Bett passte gerade noch eine Truhe für seine Sachen rein. Wasser gab es im Brunnen hinter dem Haus. Eine Waschschüssel auf der Truhe war auch ein echter Luxus - konnte er sich doch hier in Ruhe waschen. Ob die Kammer allerdings auch im Winter warm genug sein würde, war Rolnor noch nicht klar, denn einen Ofen hatte er nicht, aber das würde er ja sehen.

Ahlron war ein netter Zeitgenosse und sehr geduldig mit seinen Erklärungen. Er hatte ihn heute durch das ganze Anwesen geführt und jede Menge erklärt. Thomas Krumme hatte er heute noch gar nicht gesehen, auch dessen Tochter Selsora nicht. Rolnor hatte erfahren, dass die Frau von Thomas Krumme vor ein paar Jahren bei einem Unfall gestorben war. Tragisch. So hatte Selsora also nur noch den Vater und keine Mutter mehr.

Neben Ahlron und Thomas gab es noch ein paar Wagenlenker und einige Knechte und Mägde für die Packarbeiten, die Versorgung der Ochsen und den Haushalt. Insgesamt hatte er sich das Handelshaus etwas größer vorgestellt, aber es kam ja bald der vierte Wagen und neues Personal wurde auch gesucht. Ein aufstrebendes kleines Unternehmen.

Seltsam fand er nur, dass Ahlron sich bei den Zahlen in der Bilanz so komisch ausgedrückt hatte. Die Werte wären nur zur Verdeutlichung da und hätten nichts mit dem Wert des Unternehmens zu tun. Warum hat er nicht richtige Werte genommen? Er würde sie ja doch demnächst sehen, wenn er die Buchführung erlernte. Nun, vielleicht wollte Ahlron ihn am ersten Tag nicht überfordern.

Rolnors Gedanken kreisten noch ein wenig und er schlief erschöpft ein.

KAPITEL 2 GESCHÄFTSREISE
SOLL UND HABEN

Zu seiner Freude lebte sich Rolnor sehr schnell ein. Wie in jeder Lehre bekam er am Anfang nicht die spannendsten Aufgaben zugewiesen. Oft war er im Lager, sortierte Ware, zählte Ware und wusste nicht so genau, wofür. Dabei lernte er aber den Warenbestand gut kennen. Mit dem Tuch konnte er so gar nichts anfangen, aber es gab im Lager viele Rollen mit kostbaren Stoffen und hier musste er den sorgsamen Umgang erst erlernen. Tuch musste vor allem trocken gelagert werden. Dass Selsora so schöne Kleider hatte, wunderte Rolnor nun nicht mehr. Sie saß an der Quelle und Thomas gefiel es, seine Tochter mit schönen Kleidern zu verwöhnen.

An den Tagen, an denen Thomas neue Tuchware kaufte, erschien jedes Mal Selsora im Lager und begutachtete die Stoffe. Rolnor war fasziniert, wie schnell und sicher Selsora die Qualität der Stoffe oftmals besser und schneller erfasste als ihr Vater. Es kam nicht selten vor, dass der Vater am Abend nach der Schneiderin schickte, um seiner Tochter von den neuen Stoffen ein schönes Kleid machen zu lassen. Obwohl er immer schimpfte, dass es so viel kosten würde, merkte man, dass er auch jede Menge Spaß daran hatte, seine Tochter zu verwöhnen. Und Selsora sah hinreißend aus, sie hatte eine schlanke Figur, da konnte die Schneiderin fast nichts falsch machen und sie war für eine Frau recht groß. Ihr langes braunes Haar trug sie meistens ordentlich frisiert. Ihre Gesichtszüge waren weich und ihre Augen - ja, die Augen waren das Beste an ihr. Rolnor konnte kaum ihre Farbe bestimmen, vielleicht grünlich oder braun? Auf jeden Fall sehr geheimnisvoll und hellwach. Da geriet Rolnor leicht ins Schwärmen.

Mit der Magd Marie von nebenan aus dem Weingut Bassinger hatte Rolnor sich angefreundet. Marie war eine offene, quirlige Magd, die gerne Botengänge übernahm. Daher kam sie öfter auch ins Handelshaus. Sie kannte irgendwie jeden im Ort und wusste immer viel zu berichten. Als Rolnor so von Selsora schwärmte, war Marie es, die ihn auf den Boden der Tatsachen holte: „Rolnor, aufwachen, da brauchst du dir gar keine Gedanken machen, die Selsora ist zwar eine ganz Nette, aber für dich nicht erreichbar." - „Ja", erwiderte Rolnor, „das weiß ich ja, aber..." - „Nix aber! Schlag sie dir gleich aus dem Kopf. Die Selsora und der Friedo, das wird das Paar, sage ich dir. Da kommt Geld zu Geld." - „Der Friedo Bassinger, der Sohn deines Chefs?", fragte Rolnor ungläubig? - „Ja, du Schafskopf. Bist noch nicht lange genug hier. Auch wenn ich den Friedo nicht mag - der ist immer so arrogant und behandelt mich, als ob ich nicht da wäre - aber der Friedo wird das Weingut Bassinger mal erben und ist daher stinkreich und auch unsere Selsora ist ja als Inhaberin sehr wohlhabend. Die werden sich wohl zusammentun, zumindest wenn ich den Gerüchten glauben darf."

Rolnor verdrehte die Augen: Marie und die Gerüchte! Sie schnappte überall alles auf und verbreitete die meisten Gerüchte im Ort wohl selbst. Man konnte nie sicher sein, was davon ihrer Fantasie und was den Tatsachen geschuldet war. Aber Rolnor stimmte ihrer Einschätzung zu, dass unter finanziellen Gesichtspunkten eine Verbindung des Weingutes Bassinger mit dem Handelshaus Krumme über eine Hochzeit sinnvoll war. Das Handelshaus Krumme verkaufte einen großen Teil des Weines vom Weingut Bassinger in den Taunus, den Limburger Raum und über den Westerwald bis Siegen hinauf. Demnächst sollte wieder so eine Handelsreise stattfinden und Rolnor durfte zum ersten Mal mitfahren. Darauf freute er sich schon.

Die Route war gewählt, da dort der Wein besonders gut verkauft werden konnte. Am Rhein gab es zu viele Winzer und weiter südlich ebenfalls, aber nördlich des Rheingaus wuchs der Wein nicht mehr so gut. Rolnor war schon ganz aufgeregt. Die letzten Tage hatte er an den Packlisten gearbeitet. Ab morgen sollten dann anhand der Packlisten die Wagen gepackt werden und dann ging es los.

Das Packen der Wagen erwies sich als eine ganz schön schweißtreibende Angelegenheit. Sorgsam wurde jeder Platz auf dem Wagen ausgenutzt, jede noch so kleine Ecke musste genutzt werden, möglichst viele Waren sollten transportiert werden. Endlich ging es los: Wenn man so will, Rolnors erste Dienstreise. Rolnor wurde dem zweiten Wagen zugeteilt. Thomas saß im ersten Wagen neben dem Wagenlenker und Ahlron im dritten. Schaukelnd fuhren die Wagen durch Hattenheim und dann die Weinberge hoch, bis sie durch den Wald in Richtung Taunus fuhren. Die Strecke war teilweise sehr steil. Rolnor musste mehrmals absteigen und festgefahrene Wagen wieder mit anschieben.

Am ersten Tag sollte unbedingt die Strecke über das Kloster Bleidenstadt bis nach Wehen geschafft werden. Dort trafen sich viele Händler, die durch den Taunus bis nach Limburg wollten. Zusätzlich wurden berittene Söldner angeheuert, da im Taunus eine Räuberbande ihr Unwesen trieb. Die große Gruppe bot Schutz. Als es am nächsten Morgen von Wehen weiterging, war die Gruppe auf 25 Ochsenwagen mit 10 Reitern angewachsen - fast schon eine kleine Streitmacht. Rolnor hatte aber dennoch ein mulmiges Gefühl. Sie waren am Ende des Zuges eingesetzt und wollten auf keinen Fall den Anschluss an die Hauptgruppe verlieren. Was, wenn die Räuber sie doch in einen Hinterhalt lockten?

Am Nachmittag war es dann so weit. Durch eine Wagenpanne konnten sie den Anschluss an die Hauptgruppe nicht mehr halten. Die Reiter versuchten noch die Gruppe ein wenig zusammenzuhalten, aber man war insgesamt durch den Matsch schon recht lange unterwegs und die vorderen Wagen rollten unaufhaltsam weiter, um das Ziel Limburg noch vor Einbruch der Dämmerung zu erreichen. Bald waren Rolnor, Ahlron und Thomas auf sich allein gestellt. Zwei Reiter waren bei Ihnen geblieben und alle waren gerade damit beschäftigt, ein Wagenrad zu flicken. Daher bemerkte niemand, dass ein Räuber nach dem anderen aus dem Wald heraustrat und sich in Stellung brachte. Erst als ein Pferd lautstark wieherte, schraken die Männer auf. Da war es schon zu spät.

Die Söldner mussten mit ansehen, wie ihre Pferde bereits von den Räubern weggeritten wurden. „Na, ihr Schwindelmeister, dann mal her mit euren Waren. Am besten schlagt ihr euch in die Büsche, aber lasst mal die Waffen stecken. Zwei Söldner habt ihr dabei? Ha, wir sind aber ein ganzes Dutzend", lachte der Rädelsführer.

Der Verlust aller Waren und aller Wagen wäre für das Handelshaus Krumme das Ende gewesen - so viel war Rolnor sofort klar. Aber was bedeutete das? Sollten sie jetzt gegen die Räuber kämpfen? Rolnor konnte es kaum glauben. Hatte er sich nicht bewusst gegen den Militärdienst entschieden? Und dann sollte auf seiner ersten Handelsreise der Kampf sein Schicksal sein? Thomas ergriff das Wort: „Hört Langfinger, wir sind nicht allein, wir sind nur die Vorhut, da kommt gleich noch der Hauptzug und dann wehe euch. Also trollt euch am besten." - „Potzblitz, das ist ja mutig", dröhnte der Räuberhauptmann. „So wahr ich Schinderhannes heiße: Ihr seid die Nachhut und der Zug ist schon vor längerer Zeit hier durchgekommen. Die haben euch zurückgelassen und wenn ihr clever seid, dann rettet ihr jetzt euer Leben und rennt denen hinterher. Die Waren und Karren sind mir."

Thomas erkannte, wie sinnlos sein Bluff war und wollte gerade ansetzen zu verhandeln. „Wisst ihr, werter Herr Schinderhannes, wir können uns doch gewiss einigen. Ich biete euch ganz kampflos einige Fässer mit unserem besten Wein an, wenn ihr uns danach weiterziehen lasst." Plötzlich wurde es in der Räuberschar unruhig, die beiden, die die Pferde weggeritten hatten, kamen zu Fuß zurückgerannt. „Was hat das zu bedeuten?", donnerte Schinderhannes seinen Männern entgegen, aber da hörten auch schon alle den Grund: Es kamen die Söldner des Haupttrupps angeritten. Gut bewaffnet und trainiert, donnerten Sie auf die Räuber zu.

Im Nu stoben die Räuber in den Schutz des Waldes. Dorthin konnten die Söldner sie nicht mehr verfolgen. „Das war aber knapp!", stieß Ahlron erleichtert aus. - „Ja", erwiderte Eron, der Anführer der Söldner, „ihr wart weiter weg, als wir dachten. Ich ritt gerade am Ende des Zuges, als ein Pferd ohne Reiter angaloppierte. Da wusste ich, dass etwas nicht stimmen konnte und wir sind sofort losgeritten. Offensichtlich kamen wir keine Minute zu spät." - „Allerdings. So eine Aufregung brauche ich nicht öfter! Da altert man ja in ein paar Sekunden um Jahre. So etwas habe ich aber noch nie erlebt: Diebstahl, ja, den haben wir öfter, vor allem in den Ortschaften. Aber einen Raubüberfall? Unfassbar. Ich habe immer gedacht, der Räuber Schinderhannes wäre von den Wehenern erfunden worden, damit ihr Söldner mehr Aufträge bekommt. Wie man sich irren kann! Ich bin heilfroh, dass ihr dabei seid."

Rolnor konnte Ahlron nur zustimmen. Der Schock saß tief und zeigte, wie gefährlich so eine Fahrt werden konnte. Als das Rad endlich geflickt war und sie in der aufziehenden Dunkelheit endlich nach Limburg einfahren konnten, war Rolnor so erschöpft wie noch nie in seinem Leben.

Der Rest der Reise verlief eher ruhig und beschaulich. Rolnor saß oft auf dem Wagen und ließ sich durch die Gegend schaukeln, nicht ohne jetzt immer einen Blick in die Umgebung zu werfen.

Nach Limburg trennten sich auch die Handelswege auf, sodass sie nicht mehr im großen Treck fuhren. Am letzten Abend, kurz vor Siegen, gab Ahlron Rolnor eine neue Aufgabe: „Pack schon mal fünf Kreuzer ein - nicht mehr und nicht weniger - und bestell schon mal zwei Bier in der Schenke. Ich komme gleich nach."

Als sie dann in der Schenke saßen, begann Ahlron: „Ich habe dir doch am ersten Tag was von der Bilanz erzählt. Erinnerst du dich daran?" Rolnor nickte. „Das wollte ich heute noch einmal erweitern. Wie du dir denken kannst, ändert sich unser Vermögen ständig. Da wird was gekauft und verkauft, ein neuer Wagen angeschafft, das Haus ausgebessert und so weiter. Jedes Mal eine neue Bilanz aufzustellen wäre ganz schön aufwendig und man könnte auch gar nicht nachsehen, was sich genau verändert hat. Die Buchführung bietet uns nämlich ein System, zu sehen, was so alles geschieht. Dazu wird jede Bilanzposition in ein eigenes Konto geschrieben. In diesem Konto wird dann erfasst, was dazu kommt und was weggeht, somit kann man jederzeit auch feststellen, was übrigbleibt. Aus dem, was übrigbleibt, wird dann am Ende des Jahres die neue Bilanz zusammengesetzt."

Rolnor blickte Ahlron verständnislos an. „Nun, das war wohl etwas schnell. Machen wir mal ein Beispiel. Du solltest fünf Kreuzer in die Geldbörse stecken. Hast du das getan?" - „Ja, klar, aber warum genau fünf?" - „Na, damit mein Beispiel auch funktioniert und wir genug Geld für ein zweites Bier haben", lachte Ahlron. „Also, du hast fünf Kreuzer in deiner Kasse. In der Bilanz steht die Kasse auf der linken Seite. Wenn wir die Kasse jetzt als eigenes Konto betrachten, sieht die so aus: Der Anfangsbestand von fünf - den würden wir auch in der Bilanz sehen."

Soll	Kasse		Haben
Anfangsbestand	5		

„Das sieht ja fast aus wie die Bilanz!", entfuhr es Rolnor. „Genau, aber es gibt kleine Unterschiede; die Seiten heißen jetzt Soll und Haben. Und du siehst deinen Anfangsbestand von fünf Kreuzern. Da du aber schon zwei Bier gekauft hast, müsstest du schon zwei Kreuzer ausgegeben haben, richtig?" „Ja." „Und diese zwei Kreuzer schreiben wir auf die andere Seite, also die Habenseite als Abgang. Sieht dann so aus:

Soll		Kasse	Haben
Anfangsbestand	5	Bierkauf	2

Somit können wir in dem Kassenkonto jederzeit nachvollziehen, wohin unser Geld gegangen ist. Da du die erste Runde gezahlt hast, schulde ich dir noch einen Kreuzer, hier, ich gebe ihn dir mal zurück. Damit steigt dein Kassenbestand wieder auf 4 Kreuzer an." „Ja, das kann ich ganz gut nachvollziehen, aber wohin schreibe ich jetzt die Einnahme?" Ahlron fuhr fort: „Die Zugänge schreiben wir dahin, wo auch der Anfangsbestand steht. Somit haben wir also alle Zugänge im Soll und die Abgänge im Haben."

Soll		Kasse	Haben
Anfangsbestand	5	Bierkauf	2
Von Ahlron	1		

„Ja, alles klar, da kann man dann wirklich sehen, wohin das Geld geht und wo es herkommt", meinte Rolnor. „Und noch mehr" ergänzte Ahlron, „wenn man jetzt das Konto abschließt, also den Schlussbestand ermittelt, dann erhalten wir genau die 4 Kreuzer, die du noch in der Tasche hast. Dazu zählen wir die Sollseite mal zusammen, sind also insgesamt 6 Kreuzer, dann übertragen wir die Summe auf die Habenseite und schauen, wie viele Kreuzer noch fehlen, damit auf der Habenseite auch insgesamt 6 Kreuzer stehen."

Soll		Kasse	Haben
Anfangsbestand	5	Bierkauf	2
von Ahlron	1		
	6		6

„Na ist doch klar, das sind 4 Kreuzer, aber warum ergänzen wir beide Seiten auf 6?", fragte Rolnor. „Damit das System aufgeht, wie in der Bilanz, wollen wir in den Konten beide Seiten immer gleich groß haben. Stell dir vor, da sind ganz viele Eintragungen, dann ist es einfacher, die Seite zusammenzurechnen und dann die andere Seite auszugleichen und die Summe, mit der du ausgleichst, ist das, was du noch hast, also der Schlussbestand."

Soll		Kasse	Haben
Anfangsbestand	5	Bierkauf	2
von Ahlron	1	Schlussbestand	4
	6		6

„Ja, klasse und vermutlich mache ich das mit allen Konten und dann nehme ich alle Schlussbestände und habe meine neue Bilanz?", warf Rolnor ein. „Genau, allerdings hast du noch übersehen, dass du bei den Passivkonten andersrum denken musst. Die stehen in der Bilanz auf der rechten Seite, daher fangen sie mit dem Anfangsbestand auch rechts an, Zugänge dann ebenfalls rechts, Abgänge links und am Ende der Schlussbestand links."

„Uff, hast Du dafür auch ein Beispiel?"

„Ja, du hast vorhin das Bier für mich gekauft. Somit habe ich Schulden bei dir gemacht. Das sind Verbindlichkeiten für mich. Nehmen wir mal an, ich schulde auch Thomas noch vier Kreuzer von gestern, dann sieht mein Verbindlichkeitskonto so aus:

Soll	Verbindlichkeiten		Haben
Rückzahlung Rolnor	1	Anfangsbestand	4
Schlussbestand	4	Bierkauf Rolnor	1
	5		5

Ich starte mit vier Kreuzern Schulden, dann kommt der Bierkauf von dir dazu und ich habe dir deinen Kreuzer auch schon wieder zurückgegeben. Bleiben am Ende wieder vier Kreuzer Schulden, die ich ja Thomas noch geben muss. Das wäre also nun ein Beispiel für ein Passivkonto. Wenn man das mit allen Aktiv- und Passivkonten so macht, dann bekommen wir am Ende auch eine Bilanz, die auf beiden Seiten gleich groß ist".

„Donnerwetter, welch ein kompliziertes und auf der anderen Seite einfaches System. Man kann auf den einzelnen Konten wirklich gut jede Veränderung betrachten und nachvollziehen. Es wird wohl ein wenig dauern, bis ich das ganz verstanden habe, aber so langsam dämmert es mir, wie das geht." Rolnor war begeistert. „Ja, Rolnor, wissbegierig wie immer, wir sollten jetzt aber Schluss machen, sonst dämmert es wirklich bald und wir wollen morgen in Siegen noch viele Waren ein- und verkaufen."

Das Treiben auf dem Markt in Siegen war beeindruckend. Marktschreier priesen ihre Waren an und es gab jede Menge hochwertige Eisenwaren. Da Rolnor vom Schmiedehandwerk viel verstand, kaufte er mit Thomas die Waren ein. „Diese Pfannen und Kessel haben eine gute Qualität zu einem fairen Preis. Wenn wir hierfür Kunden hätten, wäre das ein guter Einkauf." Thomas nickte und erwiderte: „Ich fand die jetzt eher etwas teuer, aber wenn du meinst. Allerdings müssen wir aufpassen, dass wir im Kannebäckerland noch Platz für Keramik haben. Auf dem Rückweg können wir Keramik gut in Idstein verkaufen und auch das Kloster Ferrutius hat mir einen Auftrag für Keramikkelche mitgegeben. Aber da schon der meiste Wein weg ist, müsste das eigentlich passen."

Auf der Rückfahrt von Siegen bis Limburg kauften sie tatsächlich noch jede Menge Keramik ein: Schüsseln, Platten, Kelche und Teller aller Art. Die Preise waren moderat und das versprach einen schönen Profit. Insgesamt würde die Reise wohl ein voller Erfolg werden. Thomas seufzte: „Wenn wir doch nur schon dieses Mal den vierten Wagen dabeihätten. Ich könnte ja so viele Waren mehr kaufen. Nun, bei der nächsten Tour haben wir ihn bestimmt dabei."

Rolnor nutzte die Gelegenheit, dass Thomas auf den Wagen zu sprechen kam, denn er hatte noch das Anliegen, die Buchführung endlich zu erlernen. Die Informationen, die Ahlron ihm bisher dazu gegeben hatte, waren ihm zuwenig und meist fand der „Unterricht" beim Bier oder nebenbei statt. Er hätte gerne eine richtige Einführung in das Thema bekommen. Daher beeilte sich Rolnor zu fragen: „Thomas, wie wird eigentlich der neue Wagen in der Buchführung behandelt?" Weiter wollte er schon ausführen, da wurde Thomas wirsch und sagte in einem strengen Tonfall: „Das hätte Ahlron dir schon alles erklären sollen. Hat er es nicht?" „Nun", antwortete Rolnor zögerlich, da er mit so einer Reaktion nicht gerechnet hatte, „so ab und zu hat Ahlron mir schon was von der Buchführung erzählt. Nur nicht so, dass ich das Gefühl habe, ich könnte die Bücher verstehen. Außerdem habe ich sie noch gar nicht gesehen. Er bringt immer nur Beispiele und keine echten Fälle." Thomas wirkte sofort etwas gelassener. „Ja, das passt schon, die echten Bücher bekommst du noch früh genug zu sehen. Zu Beginn ist es erst einmal viel sinnvoller, mit Beispielen zu arbeiten. Wenn du willst, dann erkläre ich dir mal das Verbuchen des neuen Wagens." Thomas wirkte auf einmal sehr zufrieden und beruhigt. Komisch. Nun gut, die Erklärung wollte sich Rolnor jetzt nicht entgehen lassen.

Thomas begann: „Schau, nehmen wir mal an, der Wagen kostet 100 Taler." Schon wieder also keine echten Zahlen. Hatte hier jemand was zu verbergen? Der Gedanke schoss Rolnor durch den Kopf, aber er hielt den Mund, um ja die Erklärung nicht zu verpassen.

„Dann ändert sich ja unsere Bilanz, da nun der Fuhrpark um 100 größer wird. Nehmen wir mal an, wir bezahlen den Wagen erst, nachdem wir ihn getestet haben, sagen wir mal einen Monat später." „Dann ändern sich noch die Verbindlichkeiten", ergänzte Rolnor. „Richtig. Die Verbindlichkeiten steigen um 100 und der Fuhrpark steigt um 100. Wenn wir also die Bilanz nehmen, die Ahlron dir mal als Beispiel gezeigt hat und ändern die Werte, dann sehen wir Folgendes:"

Aktiva	vor dem Kauf		Passiva
Gebäude	200	Krumme	550
Fuhrpark	100	Darlehen	100
Warenbestand	300	Verbindlichkeiten	50
Forderungen	40		
Kasse	60		
	700		700

Aktiva	nach dem Kauf		Passiva
Gebäude	200	Krumme	550
Fuhrpark	**200**	Darlehen	100
Warenbestand	300	**Verbindlichkeiten**	**150**
Forderungen	40		
Kasse	60		
	800		800

„Ja", sagte Rolnor, „das leuchtet mir ein, aber man sieht ja gar nicht, was genau passiert ist. Daher müssen wir die einzelnen Konten betrachten. Zumindest hat Ahlron mir das gestern Abend erklärt." „Genau richtig, daher schauen wir uns das jetzt mal genauer die Konten ‚Fuhrpark' und ‚Verbindlichkeiten' an. Alle anderen Konten ändern sich ja nicht:

Soll	Fuhrpark		Haben
Anfangsbestand	100		

Soll	Verbindlichkeiten		Haben
		Anfangsbestand	50

So sieht das vor dem Kauf aus. Der Anfangsbestand steht im Fuhrpark im Soll, da es sich um ein Aktivkonto handelt, einem unserer Vermögensgegenstände. Bei den Verbindlichkeiten steht der Anfangsbestand im Haben, es handelt sich um ein Passivkonto. Ganz leicht zu merken: Die Aktivkonten stehen in der Bilanz links, daher sind auch die Anfangsbestände links. Die Passivkonten stehen in der Bilanz rechts, daher sind die Anfangsbestände rechts. Das System tut nämlich so, als ob jedes dieser Konten (T-Konten genannt wegen der Form) wie eine kleine Bilanz zu behandeln ist. Und jetzt kommt unser Wagen dazu. Damit haben wir beim Fuhrpark einen Zugang und bei den Verbindlichkeiten auch. Beachte bei den Verbindlichkeiten (da Passivkonto) ist der Zuwachs rechts, da dort auch der Anfangsbestand ist.

Soll	Fuhrpark		Haben
Anfangsbestand	100		
1. Verbindlichkeiten	100		

Soll	Verbindlichkeiten		Haben
		Anfangsbestand	50
		1. Fuhrpark	100

Man schreibt jetzt bei den Konten dazu, um welchen Buchungssatz es sich handelt und wenn man Lust hat, welches andere Konto von diesem Buchungssatz noch betroffen ist. Die Nummer 1 hätte also in unserem Fall auch ausgereicht. Als Buchungssatz schreibt man den Fall dann in das Grundbuch so auf:

Beleg	Buchungssatz
1	Fuhrpark 100 an Verbindlichkeiten 100

Das ist wie eine Arbeitsanweisung. Zuerst steht der Name des Kontos, hier ‚Fuhrpark', dann der Betrag, der einzutragen ist. Alles, was vor dem Wort ‚an' steht, wird auf der Sollseite eingetragen. Alles, was nach dem Wort ‚an' steht, wird auf der Habenseite eingetragen. Das Wort ‚an' ist also ein Trennwort und hat keine inhaltliche Bedeutung; ein Schrägstrich hätte es auch getan."

„Uff, also die Eintragungen auf den Konten kann ich nachvollziehen, das hatte mir Ahlron ja gestern erklärt. Aber wozu brauche ich noch den Buchungssatz?" „Das hängt damit zusammen, dass die T-Konten das Hauptbuch ergeben, wo wir nachsehen können, was bei unseren Einzelpositionen sich so alles verändert hat. Die Buchungssätze gehen ins Grundbuch; hier sind alle Buchungen chronologisch aufgelistet. Nur wenn du beide Eintragungen vornimmst, ist deine Buchführung komplett."

„Ach so, einmal nach der Zeit, also so wie die Buchungen entstehen - das erkenne ich im Grundbuch. Und die gleichen Buchungen sind dann im Hauptbuch aufgelistet, damit ich zum Beispiel erkennen kann, was sich im Fuhrpark im Laufe des Jahres so alles getan hat?"

„Genau richtig, Rolnor, dafür ist das da. Sollten wir einen weiteren Wagen kaufen oder einer kaputtgehen, dann würden wir das auch im Fuhrpark finden. Jetzt schließe ich noch die beiden

Konten ab und ermittle dazu den Schlussbestand und schon siehst du, wie sich die neue Bilanz, die wir ja oben schon stehen haben zusammensetzt:"

Soll	Fuhrpark		Haben
Anfangsbestand	100	Schlussbestand	200
1. Verbindlichkeiten	100		
	200		200

Soll	Verbindlichkeiten		Haben
Schlussbestand	150	Anfangsbestand	50
		1. Fuhrpark	100
	150		150

„Donnerwetter, ja, es sind genau die Werte, die oben stehen, 200 im Fuhrpark und 150 in den Verbindlichkeiten. Klappt das immer?" Thomas lachte. „Ja, wenn du keinen Fehler eingebaut hast in den ganzen Buchungen, dann sollte das klappen."

Das war das erste Mal, dass Thomas sich um die Buchführung mit Rolnor gekümmert hatte. Bemerkenswert war, dass Thomas sich am Anfang so gar nicht wohl gefühlt hatte, bis klar war, dass es hier nur um die Theorie und nicht um seine eigene Buchführung ging. Ob Thomas wohl gerade einen Fehler suchte und seine Buchführung nicht aufging, dachte Rolnor schmunzelnd, anders konnte er sich das Verhalten nicht erklären.

Auch Rolnor freute sich auf den vierten Wagen, denn als sie weiter durch das Kannebäckerland zogen, hätten sie noch viele Waren einkaufen können, falls sie Platz gehabt hätten. In Limburg konnten sie bereits schon eine Menge Keramik verkaufen, aber Thomas war da sehr zögerlich. Die Preise in Idstein waren deutlich besser. Allerdings mussten sie dazu wieder durch den Taunus und davor hatte Rolnor inzwischen ganz schön Angst.

Im Limburg schloss sich wieder ein Treck von Händlern zusammen. Die Söldner waren die gleichen, die sie auch hingeleitet hatten und da die Söldner offenbar ein schlechtes Gewissen hatten, bekam das Handelshaus Krumme nun den Platz in der Mitte des Trecks. Verwunderlich war nur, dass die Söldner jedem die Geschichte von der Hinreise erzählten. War das nicht zu peinlich für die Söldner oder wollten sie mit der Geschichte ihre Dienste weiter anbieten? Auch keine schlechte Taktik: Die Angst hochzuhalten, damit man Aufträge bekam.

Alle Händler drängten sich am Vorabend in der Schänke, in der Ahlron mit Rolnor saß und ließen sich die Geschichte von der Hinreise erzählen. Der Vorteil war, dass das Bier jeweils die anderen bezahlen mussten. Rolnor hatte einen ziemlichen Schwips, als er sich endlich schlafen legte.

Dafür meldete sich natürlich mitten in der Nacht seine Blase. Mit dickem Kopf schlich er sich aus dem Gasthof über den Hof in Richtung Abort. Nachdem er sich erleichtert hatte, sah er noch Erol, den Führer der Söldner mit einem Mann vor dem Gasthof sprechen. Was tut der denn noch zu so später Stunde hier, dachte Rolnor und meinte, den anderen Mann als den Räuberhauptmann Schinderhannes zu erkennen. Rolnor ging etwas näher, aber da verschwand der Mann auch schon in der Dunkelheit und der Söldner wandte sich ebenfalls in Richtung Gasthof. „Na, mein Freund, zu viel vom guten Bier getrunken?", begrüßte ihn der Söldner. „Hmh", murmelte Rolnor unsicher, ob er den Söldner auf seine Beobachtung ansprechen sollte oder nicht. „Ja, das war wohl definitiv zu viel, ich befürchte morgen einen ganz schön dicken Kopf auf der Holperstrecke zu haben." Da lachte der Söldner nur und verschwand. Rolnor konnte sich keinen Reim daraus machen, war aber auch zu müde, um klar denken zu können. Vielleicht hatte er sich das auch alles nur eingebildet.

„Natürlich wäre das eine Möglichkeit." Ahlron hatte dem Bericht über die nächtliche Beobachtung bei der Mittagsrast gelauscht. Rolnor hatte sich dazu entschlossen, Ahlron einzuweihen. „Es kam mir damals so seltsam vor, dass weder die Räuber noch die Söldner ernsthaft aufeinander losgegangen sind. Kein Söldner hatte die Räuber in den Wald verfolgt. Gut, ich dachte, die sind froh, dass die Räuber weg sind und ihr Job damit erledigt ist. Aber wenn die unter einer Decke stecken, … allerhand. Unser Wagenradbruch war für die eine super Sache. Deswegen sind die Söldner auch im Hauptzug weitergezogen. Es ging gar nicht um die Dunkelheit, die wollten uns da hinten allein haben. Nun Rolnor, das behalten wir aber lieber für uns. Ich denke, das wird für uns nicht ungefährlich, wenn wir mit diesem Wissen die Söldner gegen uns aufbringen. Die scheinen sich den Profit zu teilen und die Räuber sind nur eine Show, die ab und zu… Nein, eigentlich kann ich mir das nicht vorstellen. Aber dem müsste man mal…" Ahlron wechselte abrupt das Thema: „Denkst du, wir werden unseren vierten Wagen auch gut auslasten?" Rolnor kam gar nicht so schnell hinterher, vernahm dann aber die Stimme eines Söldners hinter ihnen, der sagte: „Aufbruch, es geht weiter, wir wollen vor der Abendzeit wieder Wehen erreichen."

Schnell ging der Zug weiter und von einer Räuberbande war heute keine Spur zu sehen. „Wir bleiben an der Geschichte dran, bei der nächsten Reise", raunte ihm noch Ahlron zu. Die Reise ging erfolgreich zu Ende. Tatsächlich konnten die Keramikwaren in Idstein und in St. Ferrutius im Kloster Bleidenstadt gut verkauft werden, wobei die Mönche die Preise sehr hartnäckig herunterhandelten.

Kapitel 3 Ein Fest voller Grundsätze

Nach der Reise ist vor der Reise, so kam es Rolnor zumindest vor. Die Waren wurden wieder ins Lager geschafft, neue Waren angekauft und eine neue Reise zusammengestellt. Diesmal wurden die mitgebrachten Waren im Rheingau auf den Märkten in der Umgebung verkauft. Auch das war anstrengend, denn man fuhr an einem Tag hin und zurück und hatte den ganzen Tag vor Ort noch den Verkauf.

Am Abend eines solchen Markttages ging Rolnor müde und erschöpft in seine Dachkammer. Auf der Treppe hörte er plötzlich Fetzen von einem Gespräch zwischen Selsora und Thomas, die im Kontor waren. Allein dies war schon ungewöhnlich, da Selsora selten im Kontor zu finden war und sie war auch ganz aufgeregt. „Nein Vater, ich werde ihn nicht einfach heiraten, nur weil du das so willst." Rolnor zuckte zusammen, eigentlich ging ihn das hier ja nichts an, aber ein wenig neugierig war er ja schon. „Aber mein kleines Töchterlein, ich dachte, du magst ihn. Schließlich kennt ihr euch schon so lange und er ist gewiss keine schlechte Partie. Aber wir wollen ja auch nichts überstürzen; wir können auch noch ein paar Wochen warten, bis wir die Ankündigung machen." „Du willst mich nicht verstehen." Selsoras Stimme zeigt, dass sie deutlich bemüht war, ihren Ärger zurückzuhalten, wusste sie doch, dass Schimpftiraden bei ihrem Vater nichts brachten. „Ich möchte nicht irgendeine Ehe eingehen, nur weil sich das auf dem Bankkonto gut ausmacht. Ich möchte aus Liebe heiraten", fügte Selsora hinzu, hielt kurz inne und ergänzte dann sehr viel leiser: „So wie du und Mama. Ist das denn zu viel verlangt?" Thomas seufzte. „Nein, das kann ich dir wohl nicht verwehren, aber ich dachte, du magst ihn". Rolnor musste ein paar Schritte in Richtung Kontor gehen, er wollte Selsoras Antwort unbedingt hören, die nun deutlich leiser wurde. „Nun ja, so er ist schon ganz nett, aber Liebe …

Ich kenne ihn zwar schon sehr lange, habe ihn aber noch nie als Mann angesehen. Immerhin haben wir schon als Kinder zusammen gespielt." Wen konnten die beiden nur meinen? Es musste jemand sein, der hier in der Gegend wohnte, dachte Rolnor und hörte gleich darauf Thomas Stimme wieder: „Dann habe ich eine Idee: Lass uns ein Fest feiern, das Weingut und wir mit allen Angestellten. Dann hast du die Möglichkeit, ihn dir bei der Vorbereitung des Festes genauer anzuschauen und auf dem Fest kannst du sehen, wie er mit seiner Familie und seinen Leuten umgeht. Bist du damit einverstanden?" „Ja, Vater, das ist eine gute Idee, aber nur" - Selsora legte eine kurze Pause ein, um ihrer Forderung Nachdruck zu verleihen - „wenn ich mich wirklich nach dem Fest frei entscheiden kann, ob der Friedo für mich geeignet ist."

Rolnor atmete die Luft aus, die er bisher angehalten hatte. Donnerwetter! Also hatte Marie doch recht damit, dass Friedo und Selsora ein Paar werden würden. Rolnor schien auf einmal unendlich müde zu sein, ein dicker Kloß im Magen zog ihn regelrecht nach unten. So schlich er langsam die Treppe hoch. Er merkte nicht einmal mehr, dass Selsora das Kontor verließ und zum Haus rüberging. Jetzt, da Selsora kurz davorstand, sich ihren Mann auszusuchen, merkte Rolnor, dass er sich in Selsora verliebt hatte - so eine hoffnungslose und vollkommen idiotische Sache. Dabei kannten sie sich bisher kaum. Rolnor hatte zwar Selsora schon länger beobachtet, hatte aber selbst gedacht, das wäre nur so eine Schwärmerei für eine schöne Frau. Er schalt sich einen Narren. Da hätte auch ohne Friedo nie was draus werden können. Aber das Gefühl der Liebe war nun mal stark und der Vernunft gegenüber klar überlegen. In dieser Nacht schlief Rolnor erst sehr spät ein.

Der nächste Tag war wieder mit viel Arbeit angefüllt. Am Nachmittag verkündete dann Thomas allen, dass in zwei Wochen ein großes Fest des Weingutes Bassinger und des Handelshauses Krumme veranstaltet würde. Alle freuten sich und die Stimmung unter den Arbeitern war großartig. Ein Fest - das bedeutete gutes Essen und da das Weingut mit dabei war, auch sehr guten Wein. Man freute sich darauf und es war das Gesprächsthema für die nächsten Tage. Nur Rolnor schien es, als ob das Fest sein Untergang wäre. Er versuchte seine Gefühle zu verbergen, aber Marie sprach ihn dann doch darauf an. „Sag mal, freust du dich gar nicht auf das Fest? Man könnte meinen, du hast Angst, dass sie den neuen Lehrling grillen wollen." „Nein, es ist - ach, nichts." „Das glaubst du doch jetzt selbst nicht. Los, erzähl, ich lass doch eh nicht locker, bis du mir alles erzählt hast." Das stimmte; Marie konnte sehr beharrlich sein. Immerhin vertrauten Marie und Rolnor sich immer ihre inneren Gedanken an. Erst letztens hatte Marie sich bei Rolnor ausgeweint, nachdem sie dem Seifried von der Schänke ihre Liebe gestanden hatte, er aber nichts von ihr wissen wollte. „Nun", begann Rolnor zögernd und dann erzählte er ihr von dem zufällig belauschten Gespräch.

„Ich habe dir doch schon mal gesagt, dass die Selsora für dich eh unerreichbar ist, Mann, bist du hartnäckig! Schau dich doch mal lieber woanders um. Und so wie ich dich kenne, hoffst du noch, Selsora könnte ihn ablehnen, gell?" Rolnor sagte zögernd: „Nun, das wäre doch möglich." Marie fiel ihm ins Wort. „Ja, das wäre möglich. Und dann wäre es auch möglich, dass Thomas ihr das durchgehen lässt? Schon eher nicht. Am Ende kommt Geld doch zu Geld, das war schon immer so. Und selbst wenn nicht - du wirst bestimmt kein Kandidat. Wach auf Rolnor!" Nachdem Marie ihm gründlich den Kopf gewaschen hatte, sprachen sie sich noch eine Weile aus und Rolnor konnte anfangen, sich mit der unerfreulichen Situation zu arrangieren; anfreunden konnte er dazu nicht sagen.

Die Festvorbereitungen waren in vollem Gange. Rolnor bemerkte öfter, dass Selsora von Marie abgeholt wurde und zum Weingut Bassinger ging. Marie hielt ihn stets auf dem Laufenden. Friedo und Selsora hatten die Aufgabe erhalten, sich um das Fest und die Details zu kümmern, wodurch sie viel Zeit miteinander verbrachten. Marie kommentierte dies mit ihrem üblichen Humor: „Diese Art von Besprechungen hätte ich auch gerne! Immer gibt es was zu essen und zu trinken. Außerdem kommen die Vorschläge von Gundel, der Köchin der Bassingers und die beiden nicken entweder ab oder lehnen ab. Und das alles schreibt dann noch der Lehrling vom Bassinger auf. Damit die beiden auch ja nichts selbst machen müssen. So ein Leben müsste man haben!"

Es wurde ein rauschendes Fest. Nach dem sonntäglichen Gottesdienst trafen sich alle im Hof des Handelshauses Krumme zum Mittagessen. Der blaue Himmel meinte es gut mit den beiden Häusern. Die Sonne strahlte, es war angenehm warm und bald war der ganze Hof erfüllt vom Duft der Speisen, dem Klirren der Weingläser und fröhlichen Gesprächen der Knechte und Mägde. Die Familien Bassinger und Krumme saßen an einem eigenen Tisch, dort ging es jedoch etwas weniger ausgelassen zu. Rolnor befand sich an einem anderen Tisch mit Ahlron und dem Kellermeister der Bassingers in ein Gespräch vertieft, als auf einmal Bassinger Senior mit seinem Weinkelch in der Hand am Tisch erschien. „Thomas berichtet mir von seinem neuen Lehrling, den wollte ich doch auch einmal kennenlernen", eröffnete Winfred Bassinger das Gespräch. „Er erwähnte auch, dass du dich sehr für die neuen Buchführungsmethoden interessierst. Ahlron hätte dir schon einiges davon erzählt. Auch wir verwenden das neue System aus Italien - es ist wirklich hervorragend, aber nur, wenn man sich an die Grundsätze hält."

Ahlron stöhnte theatralisch auf und lachte: „Wollen sie uns jetzt wieder einmal ihren Lieblingsvortrag halten, Herr Bassinger?" „Nicht so frech, junger Mann", ging Bassinger auf den Spaß ein. „Die Grundsätze sind nun mal wichtig für ehrbare Produzenten.

Ich bin mir allerdings nicht sicher, ob das auch für Händler gilt", fügte er mit einem verschmitzten Lächeln hinzu.

„Meinen Sie etwa, die Händler seien nicht ehrbar?" Ahlron wollte schon zu einer Tirade ansetzen, da lächelte Bassinger verschmitzt: „Na, hast du dem jungen Rolnor nun schon die Grundsätze erklärt oder noch nicht?" Als Ahlron daraufhin schwieg, strahlte Bassinger triumphierend: „Jetzt habe ich dich! Darauf kannst du nichts erwidern und ich darf meinen Lieblingsvortrag halten." Alle am Tisch lachten amüsiert darüber, wie der sonst so wortgewandte Ahlron einfach überlistet wurde.

An Rolnor gewandt erklärte Winfred Bassinger: „Das ganze System der Buchführung nutzt nichts, wenn man nicht ein paar wichtige Grundsätze beachtet, damit das Ganze auch ordentlich abläuft. Nur wer die Grundsätze ordnungsgemäßer Buchführung berücksichtigt, hat nämlich eine saubere Buchführung. So sauber, dass jeder deine Buchführung verstehen kann, der das System kennt, auch wenn er sich in deinem Geschäft nicht auskennt. Das ist der Grundsatz, der über allem steht, daher ist die Klarheit wesentlich. Es muss alles klar und sauber und übersichtlich geordnet sein. Daher verbietet es sich auch, dass man Zahlen einfach zusammenzählt, um sich Buchungen zu sparen. Man sollte keine Dinge miteinander vermengen, wenn man sie geordnet abarbeiten kann. Das nennt man Saldierungsverbot. Also wenn ich dir zum Beispiel zwei Kreuzer schulde und du mir drei, dann müssen beide Geschäfte in den Büchern stehen, anstatt einfach die Differenz von einem Kreuzer einzutragen. Das ist wichtig, damit man alle Geschäftsfälle auch nachvollziehen kann. Außerdem darf man nicht radieren, wenn man einen Fehler macht, dann muss man dazu stehen, sage ich immer."

Rolnor, der bis hierher aufmerksam zugehört hatte, traute sich kaum zurückzufragen, da er nicht unhöflich erscheinen wollte, aber er konnte einfach nicht anders. „Was kann ich denn tun, wenn ich einen Fehler begangen habe? Kann ich den nicht einfach wieder ausradieren?" „Nein auf keinen Fall! Wie soll jemand wissen, was dann darunter gestanden hat? Es könnte ja auch ein Betrug und kein Fehler sein! Das muss man klar erkennen." Bassinger war begeistert, dass sich jemand für seinen Vortrag interessierte und ignorierte seinen Kellermeister und Ahlron, die nur mit den Augen rollten - sie hatten den Vortrag schon oft genug gehört. „Wenn du einen Fehler gemacht hast, dann muss man klar und deutlich erkennen, dass es ein Fehler war und wie du ihn korrigierst - zum Beispiel mit einer Stornobuchung. Bei einer Stornobuchung nutzt du einfach die andere Seite. Also hast du eine Buchung falsch ins Soll geschrieben, dann kannst Du sie im Haben korrigieren, indem du den gleichen Betrag ins Haben setzt und mit dem Habenbetrag machst du das im Soll genauso."

Das war Rolnor jetzt noch ein wenig schnell, Bassinger fuhr jedoch ungerührt fort. „Ganz wichtig ist auch, dass du alle Vorgänge einmal in zeitlicher Reihenfolge ins Grundbuch und einmal in sachlicher Reihenfolge ins Hauptbuch aufschreibst. Immerhin heißt es ja auch doppelte Buchführung!" Bassinger war jetzt voll in seinem Element. „Neben der Dopplung, dass jeder Betrag also einmal im Soll und einmal im Haben steht, gibt es auch noch zwei Bücher. Das hat mich schon immer fasziniert." Ahlron stöhnte gespielt auf und Bassinger schlug ihm scherzhaft auf den Oberarm. „Stell dich nicht so an, ich bin ja auch gleich fertig." Grinsend fuhr er fort: „Und jetzt kommt noch was ganz Wichtiges: Es gibt keine Buchung ohne Beleg und - auch andersrum wird ein Schuh draus - keinen Beleg ohne Buchung. Damit stellst du sicher, dass alle Geschäftsfälle in deinen Büchern stehen und du nichts vergessen hast. Nur dann sind die Bücher auch sinnvoll, vollständig und richtig."

Das Ende donnerte er über den Hof und war sichtlich zufrieden mit sich und der Welt. Ein wenig sticheln konnte er sich aber dennoch nicht verkneifen: „Ob ihr Händler es auch so mit der Wahrheit und Richtigkeit haltet, kann ich natürlich nicht beurteilen. Ich bin nur ein einfacher Winzer ..." In diesem Moment trat Thomas hinzu: „Ah, da kommen mir aber gleich die Tränen. Ein einfacher Winzer? Ein gerissener Geschäftsmann, der mit allen Wassern gewaschen ist, das ist er!" Bassinger hob seinen Weinpokal und prostete allen zu. „Ein schönes Fest haben wir hier auf die Beine gestellt. Ich bin mir sicher, dass die jungen Leute noch tanzen wollen. Wir sollten die Tische abräumen und Platz schaffen." Bassingers Stimme trug die letzten Worte über den ganzen Hof und sofort machten sich alle daran, Tische und Bänke zur Seite zu räumen, Instrumente zu holen und dann wurde getanzt. So ging der Tag in den Abend über.

Die Stimmung war gut, Rolnor saß bald mit Marie an einem Tisch, als die ersten Mägde und Knechte das Fest verließen, denn am nächsten Tag musste wieder gearbeitet werden. Marie wusste immer so viel zu berichten und wollte gerade ansetzen, als Friedo und Selsora auf sie zukamen. „Hallo Rolnor", grüßte Friedo freundlich und beachtete Marie mit keinem Blick. „Zeit aufzuräumen, die Feier neigt sich dem Ende zu. Schau zu, dass alle Sachen heute noch in eure Lagerhäuser eingeräumt werden. Den Rest können dann morgen die Knechte machen und du" - er zögerte kurz, stockte und zeigte auf Marie - „und du hilfst ihm dabei." Damit drehte er sich um und rauschte mit Selsora wieder weg.

Rolnor stutzte: „Ernsthaft? Er kennt noch nicht einmal deinen Namen, aber meinen? Wie lange arbeitest du schon beim Bassinger?" Marie seufzte: „Seit zwei Jahren. Und ja, er behandelt mich auch sonst wie Luft. Marie ist ja auch ein so ungewöhnlicher und schwerer Name. Nun ja, ich muss ihn ja nicht mögen. Heute hast du seinen Vater kennengelernt. Er ist deutlich netter, kennt jeden seiner Leute und man hat nicht das Gefühl, der letzte Dreck zu sein. Ich kann dir sagen, wenn der Bassinger Senior das Weingut seinem Sohn mal überlässt, suche ich mir eine neue Arbeit." Das konnte Rolnor ihr nicht verdenken. „Los, lass uns anfangen. Wenn er sieht, dass wir seiner Aufforderung nicht sofort nachkommen, wird er ungemütlich. Nicht dir gegenüber - du bist ja schließlich was Höheres. Daher kennt er auch deinen Namen. Ich würde mir wohl eine Ohrfeige einfangen." Rolnor war sehr schockiert und packte gleich mit an, damit Marie keinen Ärger bekam. So räumten sie noch das Geschirr und die Becher in die Lagerhallen und schleppten Tische und Bänke hinein.

Als sie gerade im Lagerhaus noch einige Sache aufräumten, kam Selsora diesmal ohne Friedo hinein. „Marie", sagte sie, „es tut mir leid, wie Friedo dich angegangen hat. Kennt er dich wirklich nicht oder wollte er dich nur - ach was solls? Auch bei Rolnor muss ich mich entschuldigen. Friedo hat dir gar nichts zu befehlen, schließlich arbeitest du für uns."

Selsora schien die ganze Sache sehr peinlich zu sein. „Aber Selsora", begann Rolnor, „aufräumen war doch sowieso meine Aufgabe. Das darf er mir dann schon sagen, aber wie er mit Marie umgegangen ist, hat mich auch schockiert, als ob sie Luft wäre."

„Jetzt macht mal halblang", kommentierte Marie. „Ich kenne Friedo schon länger und ich muss sagen, ich bin es nicht anders gewohnt. Macht euch also keine Gedanken. So - sind wir hier fertig? Ich spute mich, dass ich ins Weingut zurückkomme, sonst bekomme ich am Ende doch noch Ärger. Ich hole nur noch schnell die letzten Kerzenleuchter, damit du sie noch wegräumen kannst, Rolnor." Daraufhin verschwand Marie im Hof.

Selsora blickte Rolnor an: „Du verstehst dich gut mit Marie, gell? Sie ist aber auch eine Nette, immer höflich und fröhlich. Meine Mutter hätte sie auch sehr gemocht."Selsoras Stimme brach ein wenig. „Ich musste heute oft an sie denken. Das Fest hätte ihr gut gefallen." Zu seinem eigenen Erstaunen hörte Rolnor sich sagen:

„Oh, dann war das heute für dich bestimmt ein schwerer Tag, als alle so gefeiert haben." „Ja, das war es, es ist schon so, dass ich immer noch sehr traurig bin und sie sehr vermisse, obwohl ich nun schon selber erwachsen bin. Aber trotzdem - es fällt mir nun mal schwer. Friedo hingegen versteht das so gar nicht. Als ich es ihm vorhin gegenüber erwähnt habe, kam von ihm nur zur Antwort: ‚Wieso, sie ist doch schon vier Jahre tot.' Als ob das einen Unterschied machen würde." Plötzlich kamen Selsora doch ein paar Tränen. Rolnor suchte nach den richtigen Worten. „Ich kann zwar nicht nachvollziehen, wie es ist, die Mutter zu verlieren, aber auch ich muss ab und zu an meine kleine Schwester denken, sie ist schon im Alter von vier Jahren an einer Infektion gestorben und ich kann mich noch gut daran erinnern, wie sie an meiner Hand ihre ersten Schritte gemacht hat, wie sie das erste Mal ‚Rolnor' gesagt hat. Die Erinnerung überkommt mich auch immer wieder, obwohl das jetzt schon weit über zehn Jahre her ist." Selsora musste auf einmal lächeln. „Wieso triffst du sofort die richtigen Worte? Ich kann verstehen, wieso Marie so gerne bei dir ist. Ich glaube, sie mag dich."

Während Selsora noch schmunzelte, schoss Marie gerade um die Ecke mit den letzten Kerzenleuchtern. „Hier die Leuchter. Ich muss jetzt leider los. Ich werde mal sehen, ob ich morgen zum Aufräumen noch mal herkommen kann." Sie warf Selsora ein scheues Lächeln zu und raste los. Selsora lachte: „Wie ein Wirbelwind. Ich mag sie auf jeden Fall. Danke, ihr habt mich aus einer bösen Stimmung wieder befreit. Vermutlich wäre das Ganze heute nicht so schlimm gewesen, wenn ich nicht mit Friedo den ganzen Tag hätte verbringen müssen. Er kennt fast keine seiner Knechte und Mägde mit Namen. Oh, den Kellermeister und die anderen ‚höheren' Arbeiter natürlich schon, aber den Rest ignoriert er einfach. Was sagt das über ihn als Mensch aus? Diese Seite kannte ich bisher gar nicht, weil ich ihn immer nur auf Bällen und Empfängen gesehen habe, in der guten Gesellschaft, dort tritt er immer sehr korrekt auf. Aber noch was ganz anderes, was ich dich fragen wollte, Rolnor: Steht es wirklich so schlimm um das Handelshaus?"

Rolnor war wie vor den Kopf gestoßen. „Was, wie?", stammelte er. Hatte er da etwas nicht mitbekommen und gesehen? „Vater beklagt sich in letzter Zeit immer, wie schlecht die Geschäfte laufen und auch eure letzte Fahrt muss ziemlich wenig Gewinn eingebracht haben. Mal abgesehen von dem Überfall der Räuber - das muss ja ein Schreck gewesen sein." Glücklich auf etwas sicherem Boden anzufangen, ging Rolnor hierauf ein. „Das war wirklich ein Schock, als die Bande da plötzlich vor uns stand. Ich hatte noch nie so viel Angst, muss ich gestehen. Ich hatte schon befürchtet, dass wir gleich unsere Knüppel gegen Schwerter und Pfeil und Bogen einsetzen würden. Wir wären hoffnungslos verloren gewesen. Aber es ist ja noch einmal gut ausgegangen. Auf eine Wiederholung kann ich allerdings verzichten." „Das kann ich mir vorstellen. Aber sag mal Rolnor, waren denn die Geschäfte wirklich nicht so gut?"

Rolnor begann zögerlich. „Also nun, vielleicht hat sich dein Vater den alten Spruch: ‚Die Klage ist des Kaufmanns Gruß' zu sehr zu Herzen genommen. Ich hatte das Gefühl, dass die Reise sehr gut verlaufen ist. So gut, dass wir auf der Rückfahrt gerne noch einen vierten Wagen für all die Waren gehabt hätten, von denen wir schon mehr als die Hälfte wieder in Limburg, Idstein und Bleidenstadt verkaufen konnten. Schöne Eisenwaren von guter Qualität konnten wir in Siegen einkaufen. Wenigstens davon verstehe ich ja was. Bei den Tüchern muss ich noch viel lernen, die kannst du besser beurteilen." Selsora sah ihn ernst an. „Wirklich? Ich verstehe das nicht. Von Eisenwaren hat mein Vater gar nicht gesprochen und dass ihr noch so viel verkaufen konntet auch nicht." Rolnor entgegnete: „Vielleicht fehlt mir aber auch die Erfahrung, Selsora. Immerhin war es meine erste Reise. Dein Vater wird das besser einschätzen können. Dann hoffe ich mal, dass unsere nächste Reise besser wird."

„Ja", sagte Selsora, „wenn nämlich die Geschäfte so schlecht laufen, dann müsste ich wohl aus Geldsorgen am Ende Friedo heiraten und das wäre das Letzte, was ich im Moment tun möchte." Selsora wandte sich zum Gehen. „Danke für deine offenen Worte über das Geschäft und auch für deine Anteilnahme. Ich habe bei dir irgendwie das Gefühl, dass du mir gegenüber sehr ehrlich bist. Mach Schluss für heute, den Rest kannst du morgen aufräumen."

Absolut verdattert blieb Rolnor noch eine Weile im Lagerhaus stehen und starrte lange auf die Kerzenhalter, die er noch immer in der Hand hielt. Dann räumte er diese wenigstens noch weg, bevor er in seine Dachkammer ging. Doch in dieser Nacht fand er keinen Schlaf - Selsora wollte ihm nicht aus dem Kopf gehen.

KAPITEL 4 AUF REISEN MIT GEWINN UND VERLUST

Der vierte Wagen wurde endlich geliefert, das Handelshaus Krumme wuchs. Ein paar neue Knechte wurden eingestellt und auch ein Ochsenführer. Nach ein paar Wochen sollte es dann wieder losgehen auf Handelsreise nach Siegen.

Ahlron hatte Rolnor schon seit einigen Tagen immer wieder bedrängt, dass sie in Wehen und Limburg noch mal Ausschau halten sollten nach den Räubern. „Also, wenn ich so ein Räuber wäre", hatte Ahlron begonnen, „dann würde ich ein paar Tölpel aus der Umgebung um mich scharen, die für kleines Geld mal ab und zu Händler erschrecken. Wir müssten also eigentlich nur jemanden wiedererkennen, um den Schwindel aufzudecken." Für Ahlron war klar, dass es keinen sogenannten Schinderhannes gab und er war sehr daran interessiert, den Schwindel auffliegen zu lassen. Davon versprach er sich eine ordentliche Belohnung und obendrein wurde dann die Reise auch billiger, da die Söldner Geld für ihre Dienste verlangten. „Lass uns mal in Wehen in den Schänken umhören, ob irgendjemand außer uns diese Räuber schon mal gesehen hat." Dies war Ahlrons Auftrag an Rolnor, bevor dann die Vorbereitungen richtig losgingen.

Zwei Tage vor der Abreise kam Thomas auf Rolnor zu. „Diesmal wirst du einen neuen Auftrag bekommen, der dich lehrt, wie ein Händler Gewinn oder Verlust macht. Ist dir aufgefallen, dass in der Bilanz so gar kein Gewinn zustande kommen möchte? Da muss sich schon das Eigenkapital ändern. Und dazu gibt es die Gewinn- und Verlustrechnung." Wie so oft platzte Thomas mit wesentlichen Erklärungen einfach so ins Haus. Rolnor musste schnell umschalten, von Waren wegräumen, hin zum aufmerksam zuhören.

„Da geht es ans Eingemachte. Um einen guten Überblick zu haben, ist es sinnvoll, dass wir Kaufleute genau unsere Ausgaben im Blick behalten. Also gibt es für jede Ausgabe - die wir Aufwand nennen - ein eigenes T-Konto, also eines für die Löhne, eines für die Waren und so weiter.

Soll	Löhne		Haben
1. Kasse	50		

Soll	Warenaufwand		Haben
2. Verbindlichkeiten	100		
3. Kasse	80		

Dann gibt es auch noch die T-Konten für die Erträge - also unsere Einnahmen. Das sind vor allem die Umsatzerlöse aus dem Verkauf von Waren. Es könnten aber auch noch Zinseinnahmen sein, wenn wir Geld verliehen haben.

Soll	Umsatzerlöse		Haben
		4. Kasse	300

Soll	Zinserträge		Haben
		5. Kasse	10

Nehmen wir mal an, das sind alle Aufwendungen und Erträge. Dann fassen wir am Ende des Jahres alle Aufwendungen und Erträge im Gewinn- und Verlustkonto zusammen. Das könnte dann so aussehen:

Soll	Löhne		Haben	
1. Kasse	50	GuV		50
	50			50

Soll	Warenaufwand		Haben	
2. Verbindlichkeiten	100	GuV		180
3. Kasse	80			
	180			180

Soll	Umsatzerlöse		Haben	
GuV	300	4. Kasse		300
	300			300

Soll	Zinserträge		Haben	
GuV	10	5. Kasse		10
	10			10

Soll	GuV		Haben	
Löhne	50	Umsatzerlöse		300
Warenaufwand	180	Zinserträge		10
Gewinn	80			
	310			310

Alle diese Konten werden auf das Gewinn- und Verlustkonto (GuV) abgeschlossen. Genauso wie die Aktiv- und Passivkonten in der Bilanz werden die Aufwendungen und Erträge in der GuV abgeschlossen. Der Gewinn hier von 80 Talern, der wird dann ins Eigenkapital gebucht:

Soll		Eigenkapital		Haben
Schlussbestand	630	Anfangsbestand		550
—		Gewinn		80
	630			630

Und somit hätten wir nun ein Eigenkapital, das von 550 auf 630 angestiegen ist."

„Wow, das war aber viel Erklärung auf einmal. Ich versuche es mal zusammenzufassen: Wir haben für jeden Aufwand ein eigenes Konto, damit erfassen wir alles, was vom Eigenkapital abgehen müsste. Ebenso haben wir für jeden Ertrag ein eigenes Konto, damit erfassen wir, was eigentlich das Eigenkapital erhöhen würde. Das heißt, die Aufwands- und Ertragskonten sind dem Eigenkapital untergeordnet." „Richtig, das hatte ich noch vergessen zu sagen. Daher werden die Aufwands- und Ertragskonten auch wie das Eigenkapital behandelt. Deswegen sind Aufwendungen im Soll (mindern das Eigenkapital) und Erträge im Haben (erhöhen das Eigenkapital) zu buchen", ergänzte Thomas.

Rolnor überlegte kurz und fuhr dann fort: „Und am Jahresende schreiben wir alle Aufwendungen zusammen und übertragen diese auf das Gewinn- und Verlustkonto, ebenso wie alle Erträge. Dadurch ergibt sich dann ein Gewinn und dieser Gewinn wird am Ende meinem Eigenkapital zugeschlagen. Eigentlich ganz schön clever, da wir dadurch einen guten Überblick haben, wofür wir das Geld ausgeben und wo es herkommt."

„Richtig" stimmte Thomas zufrieden zu „und deine Aufgabe wird es diesmal sein, für alle Wagen zu bestimmen, wie viele Waren wir mitnehmen, damit wir dies als Aufwand verbuchen können. Du musst dazu nur auf die Liste schreiben, welche Waren in welcher Stückzahl eingeladen werden. Den Einkaufspreis kann ich dann später ergänzen; die Preise habe ich oben im Kontor in den Unterlagen." Genau in diese Unterlagen würde Rolnor ja auch zu gerne mal reinschauen, aber irgendwie war die echte Buchführung hier immer unter Verschluss.

Rolnor musste sich auch das Beispiel, das Thomas so schnell dahingeschmiert hatte, noch mehrmals anschauen. Mhm, dachte Rolnor, dann gibt es wohl vier verschiedene Kontenarten: Aktivkonten, Passivkonten, Aufwandskonten und Ertragskonten. Diese vier Kontenarten werden dann in der Schlussbilanz und der GuV zusammengefasst. Zwischen der GuV und der Schlussbilanz besteht die Verbindung darin, dass die GuV das Eigenkapital verändert. Er skizzierte sich das kurz noch mal selbst auf:

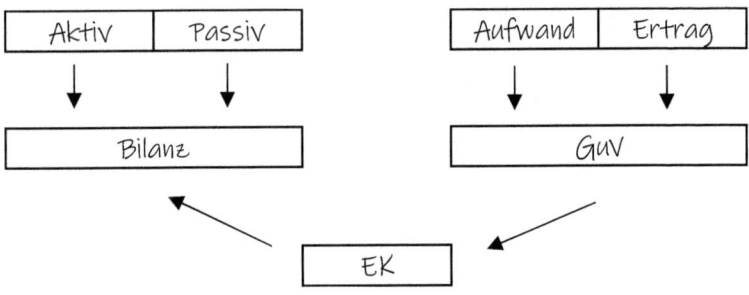

Das System musste man erst einmal durchschauen. Rolnor hätte zu gerne die komplette Buchführung gesehen. Nun, das kommt bestimmt später in der Ausbildung, ist ja auch ein kein leichtes Thema. Mit diesen Überlegungen widmete er sich den Listen, die er anfertigen sollte.

Am Tag vor der Abreise hatte Rolnor die Listen fast aller Wagen bereits fertig, nur die Liste mit dem Wein vom Weingut Bassinger fehlte noch. Der Wein sollte diesmal direkt im Weingut verladen werden und Rolnor wartete noch darauf, mit dem Ochsenwagen dorthin fahren zu können. Da kam Marie auch schon angelaufen, um Rolnor und den Wagen zu holen. Hierbei konnte Rolnor auch sehen, wie teuer ein Fass Wein war, weil der Kellermeister Rolnor die Quittung für fünf Fässer Wein unterschreiben ließ. Interessant, dachte Rolnor, in Limburg erzielen wir den dreifachen Preis und in Siegen fast den vierfachen. Das muss doch ein einträgliches Geschäft sein. Ihm kam wieder in den Sinn, dass Selsora sich Sorgen um die Geschäfte machte und er konnte sich keinen Reim daraus machen.

Dann ging es wieder los über Bleidenstadt nach Wehen. Ahlron wollte unbedingt mit Rolnor in verschiedene Schenken gehen, um sich umzuhören. „Vorher muss ich aber mit Thomas noch was klären, geh du doch schon mal vor." Das war nun schon das zweite Mal heute, dass Rolnor losgeschickt wurde, weil Ahlron mit Thomas etwas klären musste. Was konnte das nur sein? Es ging ihn nichts an, aber neugierig war Rolnor schon. Außerdem wurmte es ihn, dass er auf dieser Reise von Ahlron das Gefühl bekam, nicht gleichwertig zu sein. Auf der letzten Reise war das anders gewesen.

Rolnor ging in die erste Schenke und bestellte sich an der Theke erst einmal einen Wein. Ups, war der sauer! Das war wohl ein Fehler, hier Wein zu bestellen. Rolnor setzte sich an einen Tisch, an dem schon einige andere Händler saßen und probierte unauffällig etwas über den Schinderhannes rauszubekommen. Auf das Thema Schinderhannes sprangen die Händler gerne an, aber die einzige Geschichte, die Rolnor zu hören bekam, hatte er selbst leidvoll miterlebt. Wobei, so wie die Geschichte ausgeschmückt wurde, war Rolnor froh, dass er das Original miterlebt hatte. In einer Version der Geschichte wurde ein junger Lehrling vom Räuber geköpft. Erst danach kamen die Söldner zur Rettung und metzelten dann blutig die Räuber nieder, bis nur noch ein kleiner Teil von ihnen fliehen konnte.

Als Rolnor sich gerade zu einem weiteren Tisch begeben wollte, kamen Thomas und Ahlron herein. Rolnor hörte noch einige

Worte, die Ahlron Thomas zuraunte: „Irgendwann musst du doch reagieren. Was willst du denn noch tun, wenn sie erst einmal …" An dieser Stelle kam dröhnendes Gelächter aus einer Ecke des Gastraumes und Rolnor verstand den letzten Satz nicht mehr richtig.

Zu dritt gingen sie noch in eine andere Schänke, aber auch dort bekamen sie ihre eigene Geschichte brühwarm erzählt, nur diesmal mit deutlich weniger Blutvergießen ausgeschmückt. Auf dem Rückweg sagte Rolnor zu Ahlron: „So kommen wir nicht weiter. Heute habe ich dreimal meine eigene Geschichte gehört. Wenn es uns gelingen soll, zu beweisen, dass die Räuber mit den Söldnern unter einer Decke stecken, dann sollten wir anders vorgehen." „Ja, irgendwie hast du recht. Vielleicht sollten wir in Limburg mal die Söldner beobachten. Ich denke mir da mal was aus, wie wir das machen können. Durch die Kneipen ziehen und Geschichten hören ist ja ganz nett, bringt uns aber nicht weiter", bestätigte Ahlron. Thomas schaltete sich ein: „Wollt ihr es nicht auf sich ruhen lassen? Es könnte sich als riskant herausstellen, seine Nase in solche Dinge zu stecken. Bisher fand ich es ganz in Ordnung, sich in der Schänke umzuhören, aber mehr würde ich ungern riskieren." „Ganz auf Nummer sicher, wie immer", ätzte Ahlron, eine solch unhöfliche Art war gar nicht sein Stil. Rolnor hatte den Eindruck, dass Thomas und Ahlron irgendeine Meinungsverschiedenheit hatten.

Auf dem Weg nach Limburg hatten Ahlron und Rolnor etwas Zeit, um sich über ihr Vorgehen Gedanken zu machen. Sie waren sich einig, dass sie die Söldner im Auge behalten müssten. Rolnor war sich zwar gar nicht mehr sicher, ob er wirklich den Schinderhannes mit dem Söldner in Limburg gesehen hatte oder ob ihm seine Einbildung in Kombination mit zu viel Alkohol einen Streich gespielt hatte, aber Ahlron hatte ihn inzwischen angesteckt. Er glaubte, dass sie hier etwas „Großes" herausfinden konnten und

eine Belohnung würde auf jeden Fall winken. Da war sich Ahlron
sehr sicher.

In Limburg ging Rolnor erst einmal recht früh schlafen, denn Ahlron und er wollten sich die Nacht aufteilen und rund um das Gasthaus Wache schieben. Ahlron weckte ihn dann mitten in der
Nacht und wünschte ihm viel Glück. Er selbst hätte nichts Unge-
wöhnliches gesehen; die Söldner würden aber auch noch in der
Schenke zechen. Na, die hatten Nerven, mussten aber natürlich
am nächsten Tag auch nicht auf dem Markt stehen und verkaufen.
Rolnor verließ den Gasthof und drückte sich erst einmal rund ums
Gebäude herum. Das war aus seiner Sicht aber viel zu auffällig.
Was, wenn ihn jemand fragte, was er hier draußen machte? Mehr
als einen Klogang konnte er sich als Ausrede nicht einfallen lassen. Aber warum schlich er dazu durch den Ort? Oberhalb des
Gasthofes gingen die Straßen zum Dom hinauf. Rolnor wusste
von seinem letzten Besuch, dass es auf dieser Straße auch noch
andere Schenken gab. Vielleicht sollte er so tun, also ob er davon
eine aufsuchen wollte.

Langsam ging er über die steilen Gassen in Richtung Dom, nur
um bald darauf festzustellen, dass es so spät war, dass sämtliche
Schenken hier schon geschlossen hatten. Ab und zu bellte ein
Hund, wenn er an einem Haus vorbeiging. Ansonsten war Limburg wie ausgestorben. Gruselig, wenn mich hier ein Strolch fin-
det und überwältigt, dann habe ich keine Chance. Nein, das ist
eine dumme Idee. Ich gehe zurück und wenn in unserem Gasthof
noch die Schenke offen ist, dann trinke ich dort eben noch ein Bier.
Langsam ging er wieder in Richtung Gasthof und konnte schon
von weitem sehen, dass auch dieser jetzt geschlossen war. Na
klasse, was soll ich denn jetzt machen? Also dann noch mal aufs
Klo und die ganze Aktion abblasen. Er ging schwungvoll über den
Hof in Richtung Toiletten, als plötzlich aus dem Schatten heraus
wieder der Söldner Eron trat. „Na, junger Freund, du kannst wohl

nie schlafen, was? Warst du nicht heute auch auf dem Treck unterwegs? Mach dich hier vom Acker, für Händlerjungs wie dich ist es nachts hier viel zu gefährlich", fuhr ihn der Söldner grimmig an. Eine unverhohlene Drohung lag in der Luft.

„Ich, äh, ich … wollte doch mhm", stammelte Rolnor unsicher und verriet dabei mehr, als ihm lieb war. Der Söldner kam jetzt ganz nah auf ihn zu und zischte: „Wenn ich dich noch einmal nachts hier rumstreichen sehe, dann garantiere ich für nichts. Erzähl mir nicht, du wolltest nur aufs Klo. Den Umweg über den Dom oder woher auch immer du kommst, hättest du dir sparen können. Lungerst hier rum wie faules Pack." Der Söldner stieß Rolnor leicht von sich und ergänzte in einem etwas freundlicheren Ton: „Es ist gefährlich, in der Nacht hier rumzuschleichen. Geh bloß wieder rein." Damit ließ er Rolnor stehen, dessen Herz so stark klopfte, dass er sich wunderte, dass es nicht die Turmuhr überdröhnte. Ganz schwindelig kämpfte er sich in das Gasthaus zurück. An Schlaf war auch in dieser Nacht nicht mehr zu denken.

„Da ist doch was faul, aber wir bekommen einfach nichts raus", klagte Ahlron am nächsten Tag, nachdem Rolnor ihm von seiner Begegnung erzählt hatte. „Aber witzig, dass immer du alles abbekommst", grinste er noch, was Rolnor gar nicht so lustig fand. Ihm war heute Morgen noch schlecht vor Aufregung. Jetzt standen sie auf dem Markt und verkauften ihre Waren. „Nun, vielleicht haben wir auf dem Rückweg ein wenig mehr Glück", begann Ahlron, als Thomas dazwischenging: „Jetzt aber mal Schluss mit der Schnüffelei! Das wird zu gefährlich. So langsam glaube ich ja auch, dass die Söldner hier krumme Dinger drehen, aber ich lasse nicht zu, dass ihr weiter spioniert. Wir sind Händler und dabei bleibt es. Habt ihr gehört, Rolnor und Ahlron? Keine weiteren Aktionen mehr." Damit war das also entschieden, Rolnor war es ganz recht; er hatte die Schnauze gestrichen voll. Doch er konnte sehen, dass Ahlron noch lange nicht daran dachte aufzugeben.

In Siegen angekommen wurde der letzte Wein verkauft. Rolnor lieferte die Ware diesmal allein an den Gasthof aus, den sie als Stammkunden hatten. Wunderbar, tatsächlich konnten sie die Summe vervierfachen, die sie ans Weingut bezahlt hatten. Guter Wein war hier sehr teuer. Freudig strich Rolnor das Geld ein und machte sich zurück zum Treffpunkt. Heute wollten sie wieder Eisenwaren kaufen, die es hier in der Gegend zu besonders guten Preisen gab und morgen ging es wieder die ganze Strecke zurück.

Schon von weitem sah er Thomas und Ahlron, sie waren ins Gespräch vertieft. Vom letzten Wortwechsel konnte er ein paar Fetzen auffangen. Ahlron sagte: „In Siegen ist es eine gute Gelegenheit sich …, wir … Kunden, ob du dein Geschäft von Hattenheim nach Siegen führst oder andersrum … außerdem findest du immer was, was du gut handeln kannst." Thomas entgegnete: „Ich bin da noch nicht so weit …" Ahlron fiel ihm ins Wort: „Wie lange willst du noch warten, was ist … alles aufliegt? Wenn … doch zur Heirat entschließt, ist es zu spät." Dann sahen die beiden Rolnor und verstummten. Schnell wechselten sie das Thema. „Hast du die vereinbarten Münzen bekommen?" fragte Thomas sofort und streckte seine Hand aus. Rolnor zog das Beutelchen mit den Münzen heraus und gab es ihm. „Ja, hat alles prima geklappt, beim nächsten Mal hätte er gerne wieder ein Fass Wein. Die Qualität hat ihm auch gefallen. Sollten wir sogar noch einen edleren Tropfen bekommen, dann können wir ihm auch dafür ein Angebot machen." „Super, das hört man gerne. Dich kann man schicken. So, lasst uns noch die Eisenwaren kaufen, da brauche ich dich wieder als Ratgeber für die Qualität", sagte Thomas.

Somit zogen die drei los. Rolnor wurde nicht schlau aus dem, was er gehört hatte. Irgendwas wollten Ahlron und Thomas machen, was sie wohl schon lange vorhatten. Er hatte jetzt schon mehrmals auf dieser Reise das Gefühl, dass die beiden etwas planen würden, von dem er ausgeschlossen war. Was konnte das nur sein? Neue

Kunden anwerben? Darum konnte es nicht gehen, oder doch? Was meinte Ahlron damit, dass es egal wäre, ob der das Geschäft von Hattenheim nach Siegen oder andersrum führen konnte? Wollte Thomas seinen Geschäftssitz verlagern? Das machte gar keinen Sinn. In Hattenheim war doch alles vorhanden: Gebäude und Geschäftsverbindungen, hier müsste er neu anfangen. Rolnors Konzentration war heute nicht so richtig bei den Töpfen, Pfannen und Kesseln, also riss er sich zusammen. Aber irgendwie musst er hier mehr rauskriegen.

Die Rückreise durch das Kannebäckerland verlief friedlich und sorglos, ähnlich wie zuvor. Das Wetter war trocken, die Sonne schien den ganzen Tag und die Geschäfte liefen auch gut. Warum also beklagte sich Thomas bei Selsora, dass die Geschäfte nicht gut verliefen? Oder kaufte Thomas hier zu viele Keramikwaren, die er nicht wieder losbekam? Rolnor nahm sich vor, im Lager nachzusehen, wie viel unverkaufte Keramik noch da war. Keramik war eine schwierige Ware. Sie war sehr zerbrechlich und musste gut verpackt und gelagert werden, damit sie auf den unebenen Strecken die Fahrt im Ochsenwagen gut überstand.

Als sie schließlich wieder in Limburg ankamen, schlossen sie sich sofort einem Treck an, der bereits am nächsten Morgen wieder losfuhr. Thomas sparte sich diesmal den Markt in Limburg, da der nächste Treck erst eine ganze Woche später losziehen würde. „So gut sind die Preise in Limburg für Keramik und Eisenwaren nicht, dafür gibt es hier zu viele andere Händler. Je näher wir dem Rhein kommen, desto besser werden die Preise. Was mich richtig ärgert, ist, dass wir uns leider nur noch hinten anschließen konnten. Wir fahren also wieder am Ende des Zuges." „Oh nein", entfuhr es Rolnor, dem sofort auch Schweiß auf die Stirn trat. Thomas sah die beiden ernst an: „Auch ich denke, dass das eine bewusste Provokation von diesem Söldnerführer Eron ist, er kann uns wohl nicht mehr leiden. Wir sollten auf jeden Fall unsere Wagen heute noch mal durchchecken, damit wir weder einen Radbruch noch einen Achsbruch bekommen. Ich denke, wir werden heute mal alle bei unseren Wagen und Ochsen übernachten. Ich will das alles im Blick behalten." Rolnor fluchte innerlich, das hatten sie jetzt davon, dass Ahlron und er versucht hatten zu spionieren. Eine unruhige Nacht vor der Fahrt, denn es schlief sich bei den Wagen nicht halb so gut wie im Gasthaus. Aber er konnte Thomas verstehen: Sie mussten vorsichtig sein und am nächsten Tag sollten sie immer Kontakt zur Hauptgruppe halten.

Die Nacht verlief ohne Zwischenfälle und auch der nächste Tag ging in den Nachmittag über, ohne dass es Komplikationen gab. Dann beobachtete Rolnor, dass einer der Söldner direkt den Wagen vor ihnen stoppte, an einer Stelle, an der sie nicht vorbeikamen. Was sollte das denn? Der Söldner kam auch schon auf sie zugeritten: "Stopp, haltet eure Wagen an. Die vorne haben einen Radbruch, der muss erst repariert werden." Die Wagen mussten natürlich anhalten, denn die Stelle für den angeblichen Radbruch war gut gewählt. Ahlron, Thomas und Rolnor schauten sich nur kurz an. Ihnen war klar, was als nächstes kommen würde. Der Zug fuhr nämlich einfach weiter.

Thomas griff ein: "Haltet den Hauptzug an, damit wir hier nicht schutzlos sind", wies er den Söldner an. Doch der zuckte nur mit den Schultern und ritt zum Wagen mit dem Radbruch zurück, stieg ab und fing an zu helfen. Er ignorierte Thomas einfach. "Das geht hier nicht mit rechten Dingen zu. Ich befürchte, diesmal müssen wir uns selber helfen", fluchte Thomas, war aber hilflos und wusste nicht, was zu tun war. Rolnor hingegen hatte eine Idee: "Wenn der Söldner nicht den Haupttrupp holt, dann machen wir das eben", sagte er und rannte dem Söldner hinterher. Ahlron schaute ihm ungläubig nach: "Weißt du, was Rolnor vorhat?" "Nicht die Bohne", erwiderte Thomas.

Rolnor kam schon ganz schön aus der Puste, holte aber schnell auf. Dann sprang er auf das Pferd, das neben dem kaputten Wagen stand und galoppierte einfach in Richtung Hauptzug, ohne auf die wilden Schreie des Söldners zu achten. Schon nach einem kurzen Galopp holte er den Zug ein und brachte ihn zum Stoppen. Die anderen Händler stoppten sofort ihre Wagen und erklärten sich bereit zu warten. Rolnor musste allerdings die kurze Strecke jetzt zu Fuß zurückgehen, da die Söldner ihn etwas unsanft vom Pferd „gehoben" hatten. Nun, das war es aber wert. Nach der Reparatur rollte der gesamte Zug wieder weiter und bald kamen sie in Wehen unversehrt an.

„Ist dir aufgefallen, dass der Radbruch gar nicht weit von der Stelle entfernt war, wo damals unser Rad gebrochen war?", sinnierte Ahlron am Abend, als sie zusammensaßen und Rolnors tapferen kleinen Sieg feierten. „Ja", pflichtete Thomas ihm bei. „Das sind mir zu viele Zufälle. Ich weiß nur nicht, wer den Söldnern das Handwerk legen könnte. Ob wir mal mit dem Grafen in Wehen reden oder machen wir damit alles noch schlimmer?" Ahlron zuckte nur mit den Schultern, „wenn der hohe Herr mit seinen Söldnern gutsteht, dann haben wir ein riesiges Problem danach. Wenn er ihnen eins auswischen will, steht er auf unserer Seite. Das sollten wir also erst einmal herausfinden." Thomas nickte. „Da hast du recht Ahlron, wenn es um Intrigen geht, dann muss man dich einfach fragen", schloss er noch zweideutig an. Ahlron schien es ihm nicht krumm zu nehmen, sondern grinste nur breit.

KAPITEL 5 IM FUHRPARK STIMMT WAS NICHT

Von Wehen aus machten sie dann noch einen Abstecher über Idstein, wo ein großer Teil der Keramik wieder gut verkauft werden konnte. Ahlron und Thomas kamen gerade von einer Auslieferung am Idsteiner Schloss zurück, da hörte Rolnor, wie Ahlron zu Thomas sagte: „…Siegen wäre ganz gut, dann müsstest du auch nicht mehr zwischen Wehen und Limburg mit Geleitschutz reisen." Thomas ignorierte genervt den letzten Kommentar und ging auf Rolnor zu. „Rolnor, für heute sind wir fertig. Lass uns zusammenpacken, dann sind wir morgen schneller fertig und können uns auf die Heimreise begeben." Rolnor wollte sich aber auf den abrupten Themenwechsel nicht einlassen. „Was meintest du mit ‚nicht mehr zwischen Wehen und Limburg zu reisen'?" fragte er daher Ahlron. „Ach, das waren nur Überlegungen, ob wir … äh, vielleicht eine andere Route wählen sollen." Kam es Rolnor so vor oder war Ahlron wirklich mal verlegen und unsicher? Das war ansonsten gar nicht seine Art.

Auch diese Geschäftsreise war nun schon wieder vorbei und Rolnor war froh, als er schaukelnd auf dem Ochsenwagen saß und Hattenheim vor sich sah. Sie fuhren noch durch die Weinberge, immer den Rhein im Blick. Die Sonne strahlte und Rolnor merkte, dass er sich schon sehr an seine neue Heimat gewöhnt hatte. Es gefiel ihm am Wasser sehr gut und auch das Klima war schön mild. Am Rhein war es immer ein paar Grad wärmer als in den Mittelgebirgen ringsherum.

In Hattenheim angekommen verschwand Thomas wie immer erst einmal im Kontor, um die Reise zu verbuchen. Rolnor hatte zwar auf der Reise mal angefragt, ob er das auch lernen könne, aber Thomas meinte, dazu wüsste er noch zu wenig. Kunststück, dachte Rolnor, wenn mir es keiner erklärt, wie soll ich das Lernen?

Aber er biss sich lieber auf die Zunge, als zu drängeln. So wie er Thomas einschätzte, ließ dieser sich nicht gerne drängen. So blieb ihm die Aufgabe vorbehalten, die Wagen wieder zu entladen und wieder führte er die Listen, welche Waren nun eingelagert werden mussten. Oh, Mann, dachte Rolnor, das ist ja wieder Arbeit für ein paar Tage, bis alles erfasst und eingelagert ist. Und so wie ich Ahlron kenne, schnappt er sich morgen bereits wieder einen Wagen und fährt auf lokale Märkte und ich muss hierbleiben. Nun, sei's drum. Aufregung hatte ich die letzten Tage genug.

Während er so vor sich hin räumte und die Waren erfasste, sah er Marie die Stufen zum Kontor eilen. Merkwürdig, sonst geht sie immer ins Wohnhaus. Neugierig trat Rolnor auf den Hof. Bald darauf kam Thomas aufgeregt die Treppe hinunter, Marie direkt hinter ihm. Als er Rolnor sah, winkte er ihn zu sich. „Rolnor, leg mir nachher bitte die Listen einfach ins Kontor, ich muss weg." Und schon eilte Thomas aus der Toreinfahrt.

Rolnor stand verwundert da, aber Marie erklärte ihm: „Theo, der Bäcker, das ist der Cousin von Thomas, der hat sich eben wohl den Arm gebrochen. Nicht, dass Thomas ihm dabei helfen könnte, aber die Brote müssen noch fertig gebacken werden und daher hat Theo nach Hilfe geschickt. Thomas wird heute also in der Backstube aushelfen. Du weißt ja, die beiden verstehen sich gut und helfen sich immer gegenseitig." Rolnor musste zugeben, dass er das nicht wusste, er hatte noch nicht einmal geahnt, dass Theo der Cousin von Thomas war. Sei's drum, dafür gab es ja Marie, die wusste alles. „Und du warst mal wieder Bote? Warum wundert mich das nicht?" Marie grinste. „Das kam nur daher, dass mich die Köchin eben noch mal zum Bäcker geschickt hatte, um noch Brot zu kaufen. Und da habe ich das alles mitbekommen. Als Theo mich dann gebeten hat, Thomas zu holen, bevor die Brote verbrennen, war das eine Ehrensache. Ach, jetzt muss ich aber schnell der Köchin sagen, dass es heute erst später Brot gibt. Ich muss mich beeilen. Bis dann." Und wie ein Wirbelwind drehte sich Marie um und war wieder weg. Erstaunlich, diese Energie, dachte Rolnor und ging wieder seiner Arbeit nach.

Am Abend brachte er dann die Listen, wie geheißen, ins Kontor. Normalerweise war das Kontor immer peinlich ordentlich, aber heute lagen noch Papiere herum. Thomas hatte alles stehen und liegen lassen. Sorgsam legte Rolnor seine Listen auf eine freie Fläche auf den Schreibtisch. Natürlich war er gar nicht neugierig, aber die Papiere, die da rumlagen, sahen aus, als ob sie zur Buchführung gehörten. Ach ja, da ging es um den Fuhrpark. Eine Aufstellung über alle verfügbaren Wagen und deren aktueller Wert. Aber hoppla, da steht ja nur etwas von drei Wagen. Und die sind auch viel mehr Wert, als Rolnor gedacht hatte. Er vertiefte sich in die Unterlagen.

Anlage für die Bilanz zum Fuhrpark

	Neuwert	Abschreibungen Vorjahre	Abschreibungen aktuelles Jahr	Buchwert
Wagen 1	180	90		90
Wagen 2	190	38		152
Wagen 3	188			188
Bilanzwert				430

Aber warum wurden nur drei Wagen aufgelistet und was bedeutet diese Abschreibung? War das nicht der Wertverfall, der jedes Jahr abgezogen werden musste? Die alten Wagen waren doch aber nicht mehr so viel wert, wie da stand. Warum war der vierte Wagen hier nicht verzeichnet? Der war doch schon längst da. Wollte Thomas das gerade nachtragen? Nein. Die Summe hatte er schon gezogen. Rolnor verstand das alles nicht.

Ach, da war auch noch das T-Konto vom Fuhrpark offen, vielleicht finde ich dort die Lösung:

Soll		Fuhrpark		Haben
Anfangsbestand	430	Schlussbestand		430
	430			430

Nun, es erklärt zumindest, dass die Anlage für die Bilanz dort oben vom letzten Jahr kommt – oder doch von diesem Jahr? Da sind der Anfangsbestand und der Schlussbestand gleich groß, das kann doch gar nicht sein! Das erklärt auch nicht, warum in der Anlage zur Bilanz keine Abschreibungen vorgenommen wurden. Und warum ist der Fuhrpark hier schon abgeschlossen? Warum ist der Anfangsbestand gleich dem Schlussbestand, wo doch die Wagen alle einen Wertverfall haben? Außerdem fehlt doch noch der vierte Wagen! Als ob es keine Veränderungen gegeben hätte. Vielleicht muss ich mir die Abschreibungen mal genauer erklären lassen. Das verstehe ich so nicht.

Schnell machte sich Rolnor von den Unterlagen eine Abschrift, damit er es später in Ruhe nachvollziehen konnte. Dann ließ er alle Unterlagen genauso liegen und ging in seine Kammer.

Am nächsten Tag war Thomas wieder im Kontor, während Ahlron und Rolnor wieder im Lager mit eintönigen Aufgaben beschäftigt waren. Rolnor fasste sich ein Herz. „Ahlron, in der Buchführung habe ich jetzt so die Grundlagen, glaube ich zumindest einigermaßen verstanden. Was ich aber noch nicht verstanden habe, ist die Sache mit den Abschreibungen." Ahlron war heilfroh, die eintönige Arbeit liegen zu lassen und ging gerne auf Rolnors Frage ein. „Na, dann komm mal her, bring gleich ein Stück Papier mit, dann kann ich besser erklären."

„Jeder Anlagegegenstand wird über mehrere Jahre genutzt, so wie die Ochsenwagen zum Beispiel. Bei denen gehen wir davon aus, dass sie 10 Jahre halten. Also möchten wir den Wertverfall der Ochsenwagen auf diese 10 Jahre verteilen. Der Wagen wird von uns also planmäßig jedes Jahr mit einem geringeren Wert angesetzt.

Gehen wir mal davon aus, dass du noch nichts im Fuhrpark hast, also der Anfangsbestand null ist. Dann kaufst du einen Wagen für 150 Taler. Dann sieht das so aus:

Soll	Fuhrpark		Haben
Anfangsbestand	0		
1. Kasse	150		

Jetzt fährst du das ganze Jahr mit dem Wagen. Dann ist er ein Jahr von 10 Jahren abgenutzt. Deswegen nimmst du ein Zehntel des Wertes als Wertverfall raus. Ein Zehntel sind 15 Taler. Dann sieht dein Fuhrpark so aus:

Soll	Fuhrpark		Haben
Anfangsbestand	0	2. Abschreibungen	15
1. Kasse	150	Schlussbestand	135
	150		150

Du siehst, auf der Habenseite tragen wir die 15 Taler Abschreibung ein. Wenn wir das Konto abschließen, ist der Wagen im Schlussbestand nur noch 135 Wert. Damit ist das Ziel erreicht: Der Wagen steht jetzt nach einem Jahr Nutzung mit nur noch 135 in unserer Bilanz."

Rolnor schaute sich die Unterlagen an und fragte: „und wohin buchen wir die Abschreibungen von 15 noch?"

„Gute Frage, die kommen auf das T-Konto Abschreibungen auf Sachanlagen. Das ist ein Aufwandskonto, da wir ja einen Wertverfall haben. Auf diesem Konto sammeln wir alle Wertverfälle unserer Anlagegegenstände. Könnte in unserem Fall also so aussehen:

Soll		Abschreibungen		Haben
2. Fuhrpark	15	GuV		50
3. Lagerausstattung	35			
	50			50

Hier erkennst du die 15 Taler Abschreibung aus dem Fuhrpark wieder und dazu vielleicht noch 35 Taler Abschreibung auf unsere Lagerausstattung, wie Regale, Schränke, Truhen, etc. Dann haben wir insgesamt 50 Taler Abschreibungen, die in die GuV gebucht werden."

„Ah und somit den Gewinn mindern und damit das Eigenkapital." „Ja, das ist ja auch das Ziel. Wenn unsere Gegenstände genutzt werden, verlieren diese an Wert, was wir in der Bilanz sehen. Den jährlichen Wertverfall selber sehen wir in der GuV und diese wirkt sich auf das Eigenkapital aus."

Rolnor grinste, „sag mal Ahlron, warum muss in der Buchführung immer alles miteinander zusammenhängen? Wenn du das erklärst, klingt es logisch. Aber wenn ich mir vorstelle, dass für alle Waren, Gegenstände, Kasse, Schulden und so weiter bearbeiten zu müssen, dann brummt mir ja jetzt schon der Schädel. Ich glaube, da muss man viel üben." „Da wage ich dir gar nicht zu widersprechen. Aber es ist immer wichtig, dass du die grundlegenden Dinge verstehst. Dann kommst du besser durch. Was die Menge angeht, dafür gibt es ja die einzelnen T-Konten. Wenn du sorgsam immer erst im Grundbuch einträgst und den Buchungssatz dann in die T-Konten überträgst, bevor du zum nächsten Grundbucheintrag übergehst, dann klappt das schon." „Meinst du, Thomas wird mich irgendwann mal in seine echte Buchführung einarbeiten?" „Rolnor, den Wunsch von dir kennt Thomas schon. Ich glaube, dass er dich schon bald auch zur Buchführung mit dazu nimmt. Aber ernsthaft: Erst einmal musst du ja die Grundlagen beherrschen, sonst machst du da zu viele Fehler." Sie schwatzten noch eine Weile und machten sich dann wieder an die langweilige Lagerarbeit.

Dabei konnte Rolnor so schön nachdenken. Was Ahlron ihm erzählt hatte, stimmte ja so gar nicht mit den Dingen überein, die Rolnor gesehen hatte. Der vierte Wagen wurde nicht mit verbucht und auch die Abschreibungen fehlten. Aber warum? War Thomas zu unordentlich? Hatte er den Überblick verloren? Oder war er gerade daran, alles zu korrigieren? Rolnor überlegte weiter. Welche Wirkung hätte es, wenn man bei den Wagen einfach die Abschreibungen über eine gewisse Zeit lang weglässt? Dann würde in der Bilanz ein zu hoher Wert ausgewiesen. Außerdem wäre der Gewinn zu hoch angesetzt, da Aufwendungen fehlen. Warum sollte man so etwas tun? Man könnte damit verschleiern, dass es dem Unternehmen nicht gut geht. Hatte Thomas nicht zu Selsora gesagt, dass die Gewinne zu klein sind? Seltsam. Dann wären sie in Wirklichkeit noch kleiner. Aber so, wie die Geschäfte liefen, konnte das doch gar nicht sein. Sie hatten prächtig verdient bei den Reisen und auch der Handel vor Ort lief gut.

Rolnor hörte, wie Ahlron auf Thomas zuging. „Thomas, Rolnor hat mich über die Abschreibungen ausgequetscht. Da habe ich ihm das Prinzip gerade mal erklärt. Der Junge interessiert sich für die Buchführung. Ich glaube, so langsam solltest du ihn mal einarbeiten."

Thomas brummte zurück: „Na, wenn das kein Zufall ist, Ahlron komm mal mit."

Die beiden gingen in Richtung Kontor und Rolnor musste sich anstrengen, um noch etwas von dem Gespräch zu belauschen. Ahlron raunte zu Thomas: „Ich glaube ja auch nicht mehr an Zufälle. Der Junge steckt seine Nase in Dinge, die ihn nichts angehen. Aber das macht nichts, du musst sowieso bald handeln". Thomas zischte zurück. „Nun drängele mich doch nicht immer so.

Außerdem, wer hat ihm immer alles erklärt? Es wäre besser, wenn du den Unterricht mit Rolnor mal bleiben lässt und …"

Mehr konnte Rolnor beim besten Willen nicht mehr hören. Er war sich auch so schon sicher, dass dieses Gespräch eigentlich nicht für seine Ohren bestimmt war. Gut, dass die beiden nicht gesehen hatten, dass er so nah an der Treppe zum Kontor stand. Hier geht definitiv etwas nicht mit rechten Dingen zu. Was soll ich nur tun? Und worauf drängt Ahlron? Wollen die ihn hier rausschmeißen? Unfassbar. Er verstand sich doch mit den beiden so gut, gerade mit Ahlron. Und was sollten sie gegen eine helfende Hand haben? Fühlten sich die beiden von ihm ertappt? Wollten die irgendwelche krummen Dinger drehen? Rolnor konnte sich das bei den beiden beim besten Willen nicht vorstellen. Das kann ja gar nicht sein. Ich habe bestimmt nur zu wenig Überblick über die Buchführung. Wenn ich alles sehen und verstehen würde, dann käme ich schon auf meinen Denkfehler. So versuchte Rolnor sich zu beruhigen.

Das funktionierte genau bis zu dem Zeitpunkt relativ gut, indem er in seine Kammer kam und allein war. Zweifel kamen in ihm auf. Was, wenn ich mich doch nicht irre und die beiden – so undenkbar das für Rolnor war – einen Betrug planten? Aber warum?

Rolnor machte sich für das Bett fertig und grübelte. Beim Einschlafen ließ ihn der Gedanke nicht los und so brauchte er ziemlich lange, bis die Müdigkeit sich durchsetzte und er fast einschlief - aber nur fast!

Donnerwetter! Das konnte doch nicht sein! Rolnor saß aufrecht im Bett. Thomas war ja gar nicht der Eigentümer, sondern nur der Verwalter des Handelshauses Krumme. Was würde passieren, wenn Selsora heiratete? Welche Stellung hätte Thomas dann? Im Moment war er hier der uneingeschränkte Herrscher. Nach einer Hochzeit wäre er – ein einfacher Angestellter des Mannes von

Selsora oder – eben auch das nicht mehr, wenn der Mann lieber den Laden übernehmen wollte oder jemand anderen einstellte. Ja, das könnte natürlich ein Motiv sein, Geld hier herauszuziehen und etwas Neues aufzubauen.

Rolnor war nun hellwach und sehr unglücklich. Er mochte Ahlron und Thomas, aber wenn die wirklich einen Betrug an „seiner" Selsora planten - nein, das ging nicht! Er wollte Selsora davor beschützen. Immerhin, ja, er musste es zugeben, er hatte sich in Selsora schon seit längerem verliebt und kam nicht wirklich davon los, auch wenn Marie immer wieder versuchte, ihm diese Flausen auszureden.

Nur, was konnte er, Rolnor, der bald sein erstes Lehrjahr abschließen konnte, machen? Er war ratlos. Aber er musste etwas tun. Er musste herausbekommen, was hier vor sich ging. Sollte er Selsora ins Vertrauen ziehen? Nein. Warum sollte sie ihm glauben? Er glaubte es selbst nicht und es könnte ja doch sein, dass er sich täuschte.

KAPITEL 6 VERBOTENE NACHTARBEIT IN BILANZ UND GUV

Es blieb ihm nichts anderes übrig. Er würde sich hinunter ins Kontor schleichen müssen, um in der Buchführung nachzusehen, ob alles in Ordnung sei. Ob er dazu schon genug Wissen hatte oder nicht, spielte keine Rolle. ‚Dann bringe ich es mir eben bei', dachte Rolnor grimmig. Schnell zog er sich warm gegen die Kälte an und ging mit seiner Lampe einen Stock tiefer ins Kontor. Dort war alles dunkel und mit seiner kleinen Kerze in der Lampe war es ganz schön schwer, etwas zu erkennen. Er wagte aber nicht, die großen Kerzen anzuzünden; das könnte auffallen.

So mühte er sich mit dem schlechten Licht ab und verschaffte sich erst einmal einen Überblick, wo die Unterlagen waren. Dort lagen das Grundbuch und das Hauptbuch - schon mal ganz wichtig - aber daneben gab es noch weitere Aufzeichnungen. Ach, das waren ja verschiedene Jahrgänge. ‚Uh, ganz schön viel Papier.' Hier noch weitere Bilanzen und Jahresabschlüsse - oh, die gingen ja über viele Jahre zurück. ‚Hier, interessant, eine Bilanz von vor sechs Jahren. Da war Helene Krumme noch die alleinige Eigentümerin. Ach ja, sie ist ja vor vier Jahren gestorben.'

Bei der Bilanz war jeweils noch zu den Anlagegegenständen ein Anhang dabei, damit man sehen konnte, welche Anlagegegenstände wirklich vorhanden waren. So eine Anlage hatte Rolnor also gesehen. ‚Die werde ich erst einmal suchen. Vielleicht war die Anlage ja aus den Vorjahren, das könnte erklären, warum …, nein, erklärt auch nicht, warum die Wagen nicht abgeschrieben wurden.

Wenn ich aber doch die Anlage finden könnte!' In dem schwachen Licht konnte man sich kaum einen Überblick verschaffen und der Mond war auch keine große Hilfe. Rolnor hatte trotzdem nach etwa zwei Stunden so ungefähr einen Überblick, wo welche Unterlagen waren und hatte auch die Anlage zur Bilanz wiedergefunden. Er konnte erkennen, dass es tatsächlich die aktuelle Anlage sowie das aktuelle Fuhrparkkonto war. Dabei war noch kein Jahresabschluss gemacht. Warum hatte Thomas das schon vorbereitet? ‚Ach ja, manchmal zogen die Kaufleute auch zwischendurch Bilanz, um sich einen besseren Überblick zu verschaffen.' Rolnor fand auch das Dokument aus dem Vorjahr und auch hier waren die drei Wagen nicht abgeschrieben worden. Also eindeutig Absicht! Keine Abschreibung im Fuhrpark und der vierte Wagen war nicht mit in die Buchführung aufgenommen. Rolnor wusste das jetzt mit Gewissheit und schrieb die entsprechenden Seiten schnell ab. Jetzt wurde er müde und wollte nur noch schlafen. Die Euphorie, dass er etwas gefunden hatte, konnte seine Müdigkeit nun nicht mehr überdecken. Außerdem war seine Kerze fast runtergebrannt. Er packte seine Notizen und seine Lampe, räumte alles sorgsam wieder auf und ging in seine Dachkammer. ‚Da muss ich wohl morgen noch mal ran', dachte er beim Einschlafen noch.

Am nächsten Tag war Rolnor müde, zerknirscht und leicht reizbar. In der Mittagspause kam, wie so oft Marie rüber, um Tratsch auszutauschen - so auch heute. Aber Rolnor war kein guter Gesellschafter. „Na, du hast ja heute eine schlechte Laune, die reicht ja für ein ganzes Regiment." Rolnor wollte Marie nicht in seinen Verdacht einweihen - noch nicht. Zum einen verstand Marie nun wirklich gar nichts von der Buchführung und zum anderen war er sich noch zu unsicher. Daher schwieg er nur.

„Hallo Marie", Selsora kam gerade in diesem Augenblick um die Ecke. „Schön dich zu sehen. Ja, der Rolnor ist heute ein richtiger Miesepeter, das habe ich auch schon gemerkt. Du wirst uns doch nicht krank werden? Siehst auch etwas blass um die Nase aus." Auf der einen Seite war Rolnor froh, dass Selsora ihn überhaupt bemerkte. Ihm war aber gleichzeitig auch peinlich, dass seine mürrische Seite heute von ihr bemerkt worden war. „Tut mir leid, Selsora, ich habe schlecht geschlafen und bin heute so müde." „Na, bei dir entschuldigt er sich, bei mir nicht", neckte ihn Marie und die beiden Frauen lachten. „Hör mal", sagte Selsora weiter und wandte sich Rolnor zu. „Ich komme ja nicht, um dich zu är- gern - dafür freue ich mich viel zu sehr." Selsora wirkte wirklich gut drauf und aufgeräumt. „Morgen kommt mein Großvater Si- mon zu Besuch und da möchte ich, dass wir gemeinsam zu Mittag essen - also mein Vater, Ahlron, du, ich und mein Großvater. Heb dir dafür also ein bisschen Zeit auf und bring Hunger mit. Ach und Marie, kannst Du mir dafür einen guten Wein rüberbringen?"

Selsora drehte sich um und dampfte wieder ab. „Manchmal ist sie fast so ein Wirbelwind wie du", neckte Rolnor Marie. „Huch, deine gute Laune kommt ja wieder, na typisch - sobald Selsora ein freundliches Wort mit dir wechselt, bist du auch wieder gut drauf. Da versucht man dich stundenlang aufzuheitern und dann so was." Marie grinste Rolnor an. „Ich weiß, du magst sie sehr, aber ich hoffe, du weißt selbst, dass sie in dir nie mehr sehen wird als einen Angestellten? Ich weiß, ich sollte dir das nicht so oft sagen, aber deine Augen fingen sofort an zu funkeln und zu leuchten. Aber lass mal gut sein. Selsora freut sich immer, wenn ihr Groß- vater kommt - und er war schon länger nicht mehr da. Meist kommt er, wenn Thomas unterwegs ist, die beiden können näm- lich so gar nicht gut miteinander."

„Echt, warum weißt du da mehr?" Marie verdrehte die Augen: „Du sprichst gerade mit der am besten informierten Klatschbase im Rheingau - oder so ähnlich", lachte sie. „Im Ernst: Vieles von dem, was ich dir erzähle, weiß hier jeder. Simon Sassmann ist ein richtig reicher Kaufmann, er betreibt Binnenschifffahrt und seine Schiffe liegen in Ingelheim. Damit fährt er – oder besser, lässt fah- ren – den ganzen Rhein entlang und auch den Main. Seine Tochter

Helene war die Mutter von Selsora und sein ganzer Stolz. Mit Thomas war er nie einverstanden. Thomas war im Prinzip ein armer Schlucker, aber Helene hatte sich in ihn verliebt und Simon Sassmann konnte seiner Tochter nichts abschlagen. So hat sie ihn geheiratet und hier in Hattenheim haben sie ein Handelsgeschäft gegründet. Da Thomas kein Geld hatte, hat Simon Sassmann die Anschubfinanzierung gegeben und dafür gesorgt, dass das ganze Geschäft Helene Krumme gehört. Das ist total ungewöhnlich, da ja der Mann normalerweise das Familienoberhaupt ist, aber der alte Sassmann kannte so einige Advokaten und Adelige und konnte das durchsetzen." „Ja, das ist wirklich ungewöhnlich, ich hatte mich schon gefragt, wieso Thomas kein Eigentümer des Handelshauses ist. Aber müsste er nicht alles geerbt haben, als Helene gestorben ist?" „Das hatten wir auch alle gedacht, aber bald nach Selsoras Geburt hatte der alte Sassmann auch durchgesetzt, dass Selsora das Erbe antreten würde und nicht Thomas. Das Verhältnis der beiden wurde und wurde nicht besser. Allerdings wusste niemand, dass er die Verträge und das Testament so ändern würde. Helene muss es gewusst haben, aber Thomas offensichtlich nicht. Das war ein Krieg hier, als Thomas nach Helenes Tod erfuhr, dass er nur der Verwalter von Selsoras Vermögen wurde und nichts geerbt hatte. Danach haben Simon und Thomas zwei Jahre kein Wort mehr miteinander gewechselt. Thomas hatte versucht, das Testament beim Grafen anzufechten - ohne Erfolg. In den letzten zwei Jahren haben die beiden sich wieder etwas angenähert. Aber du siehst ja selbst: Meist kommt Simon dann zu Besuch, wenn Thomas auf Geschäftsreise ist. Ob das jetzt ein gutes Zeichen ist, dass er sich mal wieder mit Thomas an einen Tisch setzen will oder nicht, kann ich dir nicht sagen. Ich wäre aber zu gerne dabei." Marie sah Rolnor kurz an und ergänzte: „Aber du bist ja da und ich hoffe, du wirst dir jedes Detail merken und mir brühwarm erzählen." „Nun mach aber mal halblang, das sind alles ganz schön viele Informationen und wie du weißt, beteilige ich mich nicht am Klatsch." Marie grinste: „Nein, du nicht. Aber hören willst du ihn schon gerne." „Erwischt", musste Rolnor zustimmen. „Also wirst du deinen Bericht erhalten."

Zufrieden mit sich und der Welt ging Marie ins Weingut, um den guten Wein zu holen. Rolnor ging wieder ins Lager und suchte sich die langweiligste Arbeit aus, die er finden konnte. Er musste viel nachdenken. Leider passte das alles genau ins Bild, das er sich selbst bisher gemacht hatte. Er musste unbedingt herausfinden, ob Thomas hier wirklich einen Betrug plante - oder ob Rolnor sich das nur eingebildet hatte. Ein Motiv hätte Thomas auf jeden Fall.

Der Tag ging in den Abend über und endlich konnte Rolnor sich in seine Dachkammer zurückziehen. Als er die Treppenstufen beim Kontor passierte, bemerkte er, dass im Kontor Licht brannte und Thomas dort noch beschäftigt war. Mist, dachte Rolnor, jetzt muss ich warten, bis Thomas ins Haus geht. Rolnor stieg die Stufen bis zu seiner Dachkammer hoch. Den ganzen Tag über hatte er seine Kerzenbestände aufgefüllt, ein paar Kerzenstummel und drei richtig große Kerzen hatte er mit in die Kammer genommen. Damit würde er gut arbeiten können. Wenn nur Thomas nicht noch dort unten wäre. Rolnor wusch sich und legte sich dann in sein Bett, um zu warten. Nichts rührte sich da unten. Ich könnte schon mal ein wenig schlafen und dann später runtergehen, wenn Thomas auch sicher schläft. Das war auch schon das Letzte, was Rolnor dachte, ehe er den Hahn krähen hörte. Er war einfach viel zu müde gewesen, um sich wachhalten zu können. Mist, fluchte Rolnor beim Aufstehen, eine verpasste Gelegenheit, hoffentlich habe ich heute Abend mehr Glück.

Gegen späten Vormittag kam Simon Sassmann mit zwei seiner Knechte im Gefolge. Selsora schoss sofort auf den Hof, um ihren Großvater zu begrüßen. Thomas ließ sich nicht blicken. Rolnor konnte vom Lager aus beobachten, dass Ahlron kurz über den Hof ging, um den Gast zu begrüßen. Hören konnte Rolnor die beiden nicht, aber er hatte den Eindruck, dass die beiden ganz normal und höflich miteinander umgingen. Und richtig: Lachend gingen die beiden auseinander. Ahlron hat schon so eine Art, sich mit anderen Menschen sofort gut zu verstehen.

Für das Mittagessen hatte Rolnor sich umgezogen und das war auch gut so. In seiner Arbeitskleidung hätte er sich unwohl gefühlt. Als er das Haus betrat, wehte ihm schon der Geruch eines guten Bratens entgegen und im Wohnzimmer standen bereits Selsora und ihr Großvater. „Rolnor", begrüßte Selsora ihn, „komm rein. Darf ich dir meinen Großvater vorstellen? Großvater, das ist Rolnor, unser nicht mehr ganz so neuer Lehrling. Immerhin ist er schon fast ein ganzes Jahr bei uns." Simon Sassmann schmunzelte und erwiderte: „Ach, Selsora, ich habe ja schon verstanden, dass ich öfter kommen soll; du musst es nicht immer andeuten." Dann wandte er sich Rolnor zu: „Und du bist also der clevere und tatkräftige Lehrling, von dem mir berichtet wurde." Ups, ein unerwartetes Lob, das Simon entweder von Ahlron oder von Selsora gehört haben musste. Rolnor wurde ein wenig rot. „Kein Grund, sich zu schämen", lachte Simon. „Selsora hat mir nur Gutes von dir berichtet und auch Ahlron ist sehr zufrieden mit dir. Ein tüchtiger angehender Händler, das ist ganz nach meinem Geschmack."

Sie plauderten noch eine Weile, Simon erzählte gerade, worin der grundlegende Unterschied zwischen der Binnenschifffahrt und dem Handel über Land lag, als Thomas das Zimmer betrat. Rolnor hatte sofort den Eindruck, dass die Temperatur im Raum um ein paar Grad fiel. Simon und Thomas schauten sich viel länger an, als höflich war, bevor Thomas Simon die Hand ausstreckte und ihn begrüßte. Selsora versuchte die Spannung zu lockern, was ihr aber nur bedingt gelang. Schließlich kam auch Ahlron hinzu, der Selsora diesmal allerdings nicht mit seiner lockeren Weise unterstütze. So wurde ein wenig über das Wetter, die Preise für Tuch und Wein gesprochen, bevor dann endlich das Essen losgehen konnte. Die Speisen wurden aufgetragen, der Wein ausgeschenkt und das Essen war grandios: zartes Fleisch, frisch gebackenes Brot und viele andere gute Sachen. Doch wenn die Stimmung besser gewesen wäre, hätte alles auch noch viel besser geschmeckt. So zog sich das Essen hin und die Spannung hing unerträglich in der Luft.

Rolnor hörte Thomas sagen: „Wir werden bald wieder auf eine Reise gehen. Diesmal plane ich aber bis Bonn oder Köln zu fahren. Ich denke, dort kann ich noch bessere Preise für unsere Waren erzielen. Auch wenn die Reise fast doppelt so weit ist wie bis Siegen, verspreche ich mir davon eine ganze Menge." Selsora wollte, dass Thomas vor ihrem Großvater in einem guten Licht dastand. Auch wenn sie von dieser Nachricht ganz überrascht war, tat sie so, als ob sie das schon wüsste: „Das finde ich eine prima Idee, Vater, wie immer bist du dabei, die Geschäfte zu optimieren." Sie hoffte, dass der Plan auch den Anklang bei ihrem Großvater finden würde. Doch der schnaubte nur: „Das ist ja eine totale Schnapsidee. Mit den Wagen fährst du dann über Land und könntest die Waren doch viel billiger über den Rhein transportieren. Wie willst du denn da Profit rausschlagen? Die Idee, mit den Ochsenwagen in den Taunus und das Kannebäckerland zu ziehen, fand ich ja noch gut. Das hattest du dir mit Helene prima zurechtgelegt, aber mit euren Wagen müsst ihr die großen Städte meiden, die mit dem Schiff gut zu erreichen sind."

Thomas wurde sofort ärgerlich. „Aber die Preise in Bonn und Köln sind doch viel höher als in Limburg oder Siegen, davon kann ich richtig gut profitieren." Simon verdrehte die Augen. „Hast du denn gar nichts gelernt? Sollen wir mal Rolnor fragen, welche Nachteile große Städte haben?" Rolnor schluckte und hoffte, dass diese Frage eine rhetorische Frage war, er hatte keine Ahnung, obwohl - wenn er die kleinen Orte mit dem größeren Limburg oder

Siegen verglich, dann hatte er so eine Idee. Oh, die anderen warteten wirklich auf eine Antwort von ihm.

„Nun, ich denke, dass die großen Städte viel mehr Zölle und Abgaben erheben. Standgebühren und andere Kosten. Außerdem sind die Gaststätten teurer, es ist schwerer die Ochsen zu versorgen und so weiter. Nicht nur die Preise für unserer Produkte sind höher, sondern auch alle unsere Kosten." Jetzt musste er aber noch etwas finden, damit Thomas recht bekam, Rolnor wollte ja nicht Partei ergreifen. „Das muss man halt gegeneinander aufrechnen und am Ende kommt es darauf an, ob der Vorteil des höheren Preises, den der höheren Kosten überwiegt. Am Ende zählt eben der Gewinn."

Simon und Thomas waren tatsächlich zufrieden mit der durchaus diplomatischen Antwort, zogen jedoch leider jeweils unterschiedliche Schlüsse daraus. Die beiden stritten sich den Rest des Essens über Preise und Kosten. Simon stand ganz fest mit seiner Überzeugung, dass diese Idee nicht gut gehen konnte. Rolnor war froh, als das Essen endlich vorbei war und er sich zurückziehen konnte, während die Familie noch weiter zusammensaß.

Ahlron und Rolnor verließen das Haus. „Das war gut geantwortet, Rolnor, du hast bei uns schon viel gelernt", grinste Ahlron, der draußen endlich seine gute Laune wiederzufinden schien. „Hat aber nicht viel gebracht. Die beiden fetzen sich vermutlich noch den ganzen Tag. Aber sei's drum, die Reise nach Gött…, äh Köln wird uns zu ganz neuen Erträgen führen, da bin ich mir sicher", schloss Ahlron an.

„Vermutlich wusstest du schon von der neuen Reise?", erkundigte sich Rolnor. „Na klar, schließlich haben Thomas und ich das schon lange durchgesprochen und geplant. Dass Thomas das Thema vor dem Alten heute angeschnitten hat, hat mich zwar gewundert, aber er wird seine Gründe gehabt haben. Was solls, lass uns noch die restlichen Arbeiten erledigen, damit wir heute früh Feierabend machen können. Thomas dürfte heute nicht mehr zu uns stoßen."

Am späten Nachmittag konnte Marie sich loseisen und Rolnor berichtete vom gemeinsamen Mittagessen: „Eine ganz schön eisige Atmosphäre herrschte da zu Beginn. Ich war gerade in das vornehm eingedeckte Esszimmer gekommen und wurde Herrn Sassmann vorgestellt. Selsora und ihr Großvater sind ja wirklich ein Herz und eine Seele. Herr Sassmann ist aus meiner Sicht ein vornehmer Mann, sehr freundlich - zumindest, wenn er mit seiner Enkeltochter prahlen kann. Er hat ihr Komplimente gemacht und war richtig herzlich zu ihr. Bei Thomas und ihm hingegen konnte man froh sein, dass niemand das Messer gezückt hat. Eine sehr unangenehme Atmosphäre. Und dann die Nachricht, dass er demnächst bis Köln fahren will - da ging dann ein regelrechter Streit los. Und mir hatte keiner vorher etwas gesagt, ich war total überrumpelt von der Idee, dass Thomas die Handelsroute verändern wollte."

Rolnor erzählte noch, wie er versuchte, diplomatisch auf die Frage einzugehen und sinnierte dann mit Marie, dass er es auch sehr unangenehm fand, dass ihm niemand von den Änderungen im Vorfeld erzählt hatte. „Als ob ich nicht schon ein Jahr hier wäre und auch sonst immer an allen Entscheidungen und Vorbereitungen mithelfen konnte. Schon etwas frustrierend." Marie zog Rolnor noch ein paar Details aus der Nase und ging schließlich hochzufrieden nach Hause, da sie mit dem neuesten Klatsch auftrumpfen konnte.

In dieser Nacht konnte Rolnor wieder gefahrlos in das Kontor gehen. Thomas war beim Familientreffen gebunden. Als alles soweit still und dunkel war, schlich sich Rolnor wieder in das Kontor - diesmal mit vielen Kerzen ausgestattet. Er hatte einen neuen Ansatzpunkt gefunden: Bei der letzten Reise hatte er sehr viel mit dem Zusammenstellen der Waren zu tun gehabt und dabei auch den Wein vom Weingut Bassinger abgeholt. Er erinnerte sich daran, dass er die Quittung über 15 Taler - eine stolze Summe für ein paar Fässer Wein - abgezeichnet hatte. Jetzt wollte er sich die Warenkonten einmal genauer anschauen.

Auf den Wareneingangskonten werden die eingekauften Waren als Aufwand verbucht. Beim Verkauf wird dann das Konto ‚Warenverkauf' genutzt und der Ertrag gebucht. Somit hat man in der Gewinn- und Verlustrechnung auf der Sollseite den Wareneingang und auf der Habenseite den Warenverkauf. Daraus kann man dann erkennen, wie groß der Unterschied zwischen Einkauf und Verkauf ist. Glücklicherweise hatte Thomas in seiner Buchführung nicht nur ein einziges Konto für den Wareneingang, sondern für jede Warengruppe ein eigenes Konto. Somit konnte sich Rolnor auf das Warenkonto ‚Wein' konzentrieren.

Nach kurzer Suche hatte er es auch gefunden.

Soll	Wareneingang Wein		Haben
24. Einkauf Bassinger	20		
149. Einkauf Bassinger	15		
378. Einkauf Hamke	7		

Und siehe da, der Beleg 149 war also der Weineinkauf, den er abgezeichnet hatte. Rolnor suchte schnell den Beleg 149 und sah auch seine Unterschrift. Auch im Kassenkonto fand er den Betrag sauber verbucht.

So jetzt mal überlegen. In Siegen konnten wir fast den vierfachen Preis erzielen, in Limburg immerhin den dreifachen. In Wehen und Bleidenstadt liefen die Geschäfte nicht so gut - da gab es zu viele Weinhändler aus dem Rheingau. Dort hatte Thomas nur ganz wenig Wein verkauft. Also müssten beim Verkauf so etwa 40 bis 50 Taler verzeichnet sein.

Rolnor ging auf die Suche nach dem Warenverkaufskonto ‚Wein'
und hatte es ruckzuck auch gefunden:

Soll	Warenverkauf Wein	Haben
	78. Reise Mai	45
	248. Reise Juli	28

Donnerwetter! Da stehen für die Reise im Juli nur 28 Taler als Einnahmen - nicht einmal das Doppelte! Das entsprach ungefähr den
Preisen, die das Kloster Ferrutius zahlte und nicht die Preise aus
Limburg oder gar Siegen. Bei der Reise im Mai erschien die Ge-
winnspanne auch etwas zu klein. Mal sehen, wenn ich das mal
grob kalkuliere: Neben den Kosten für den Wein müssen ja auch
die Ochsenknechte bezahlt werden, die Ochsen müssen gefüttert
werden, die Gasthöfe unterwegs wollen auch immer ein paar
Kreuzer sehen. Die Wagen werden abgenutzt – das ist ebenfalls
ein Aufwand. Auch Thomas, Ahlron und er verursachten auf der
Reise jede Menge Kosten für Unterkunft und Verpflegung. Außerdem war da noch die Bezahlung der Söldner in Wehen für den
Weg bis Limburg und er hatte bestimmt noch viele Kosten vergessen.

Wenn ich mir jetzt alle diese Kosten aus den Büchern hier raussu-
che, verbringe ich die nächsten Nächte hier. Es sind doch so viele
Buchungen! Aber wie auch immer: Der Ertrag ist zu klein, der
Aufwand ist korrekt - zumindest hier beim Wein. Da stimmt auf
jeden Fall etwas nicht. Könnte es sein, dass Thomas hier nicht alle
verdienten Gelder in die Kasse gelegt hatte? Hatte er noch eine
Kasse, die an der Buchführung und damit an Selsora als Eigentümerin vorbeiging? Das wäre … ja, Betrug. Unterschlagung. Aber
schwer nachweisbar, denn ich kann ja nicht beweisen, dass der
Weinverkauf viel mehr Geld eingebracht hat als die 28 Taler. Ich
habe ja keine Quittungen oder sonstige Belege, außerdem war ich
nicht bei jedem Verkauf dabei. Leider kenne ich die

Einkaufspreise der anderen Waren kaum. Moment, die Töpfe und Pfannen, die wir in Siegen gekauft haben - da war ich dabei, daran kann ich mich vielleicht erinnern.

Rolnor suchte schnell die entsprechenden Konten für den Wareneingang der Eisenwaren. Oh, hier gab es jede Menge Eintragungen, aber bald hatte er die Zahlen für den Juli gefunden.

Soll	Wareneingang Eisenwaren		Haben
178. Einkauf Siegen	8		

Soll	Warenverkauf Eisenwaren		Haben
	256. Reise Juli		4
	288. Markt Geisenheim		2
	312. Markt Kiedrich		3

Oh, das sieht nicht gut aus. Da müsste ich mal nachschauen, wie viele Eisenwaren noch im Lager liegen. Die Verkaufspreise waren aber auch hier zu niedrig. Rolnor wusste, dass allein in Idstein Eisenwaren für mindestens fünf Taler verkauft wurden. Auch in Wehen hatten sie noch ein paar verkauft. Das stinkt ja zum Himmel!

Rolnor hörte plötzlich eine Tür gehen. Schnell blickte er aus dem Fenster und sah im Mondlicht Thomas, der aus dem Haupthaus trat. Wenn der jetzt ins Kontor kommt, dann Gnade mir Gott, schoss es Rolnor durch den Kopf. Schnell räumte er alle Konten wieder weg. Glücklicherweise hatte er sich angewöhnt, immer nur ein oder zwei Bücher aus dem Schrank zu holen, damit er auch wusste, wohin genau er sie wieder zurückstellen musste. So hatte er den Schreibtisch schnell wieder frei. Thomas kam tatsächlich in Richtung Kontor gelaufen. Hektisch räumte Rolnor seine eigenen Sachen zusammen, nahm alle Kerzen mit und ging so schnell er eben konnte, ohne Lärm zu machen, in seine Kammer.

Die Tür konnte er schon nicht mehr schließen, denn kaum war er oben, hörte er Thomas auch schon im Treppenhaus zum Kontor aufsteigen. Rolnors Herz klopfte wie wild. Hatte er wirklich alle seine Kerzen mitgenommen? Merkte man noch den Geruch der Kerzen im Kontor? Ja bestimmt. Oje. Rolnor wurde es eiskalt und er fing an zu zittern. Jetzt reiß dich zusammen, sonst entdeckt Thomas dich noch, bevor er in den Kontor geht. Thomas murmelte irgendwas, was Rolnor nicht verstand und drehte auf halber Treppe vor dem Kontor wieder um und ging auf den Hof zurück. Hatte er es sich anders überlegt? Rolnor linste aus seinem kleinen Fenster und sah, dass Thomas ins Haus zurückging. Schnell hastete Rolnor noch einmal ins Kontor - und siehe da, da lag noch ein Kerzenstummel von ihm und eine ganze Seite mit seinen Aufzeichnungen. Nachdem er nun sorgfältig das Kontor abgesucht hatte und dabei schnell noch lüftete, konnte Rolnor sich zurückziehen. Das war knapp. Er musste vorsichtiger sein. Immerhin war sich Rolnor mittlerweile sicher, dass Thomas die Einnahmen des Handelshauses Krumme zu niedrig ansetzte und einen Teil der Einnahmen abzwackte. Dadurch wurde der Gewinn des Handelshauses deutlich reduziert – beziehungsweise, da konnte ja schon gar kein Gewinn mehr rauskommen. Hatte Thomas nicht gegenüber Selsora gesagt, dass die Geschäfte nicht gut liefen? Ja, das passte: Für Selsora gingen die Geschäfte tatsächlich nicht gut, wenn Thomas sie um die Einnahmen betrog.

Aber warum hatte er die Wagen nicht abgeschrieben? Rolnor dachte nach, dann wurde ihm auch das klar. Damit wurde die Bilanz geschönt. Eigentlich müsste der Betrag im Fuhrpark viel kleiner sein. Dadurch wurde die Aktivseite der Bilanz zu groß ausgewiesen. Damit war auch die Passivseite zu groß und da die Schulden genau so groß waren, wie sie in den Büchern standen, war eben das Eigenkapital zu groß ausgewiesen. Das bedeutete, das Eigenkapital war in Wirklichkeit deutlich kleiner, als man es sehen konnte. Das war also der Versuch, die Zahlen noch eine Zeit lang einigermaßen erträglich darzustellen, obwohl schon ganz viel Geld aus dem Unternehmen rausgezogen wurde.

Das war aber auch ein komplizierter Gedankengang. Rolnor wollte das Ganze richtig verstehen und malte sich kurz zwei Bilanzen auf: Einmal mit korrekter Abschreibung:

Aktiva	Bilanz mit Abschreibung		Passiva
Gebäude	200	Eigenkapital	200
Fuhrpark	100	Darlehen	250
Warenbestand	200	Verbindlichkeiten	150
Forderungen	40		
Kasse	60		
	600		600

Und dann eine, wo er die Beträge für die Gebäude und den Fuhrpark zu hoch setzte. Was passierte dann mit dem Eigenkapital? Oh ja, das war jetzt viel höher.

Aktiva	Bilanz ohne Abschreibung		Passiva
Gebäude	**300**	**Eigenkapital**	**400**
Fuhrpark	**200**	Darlehen	250
Warenbestand	200	Verbindlichkeiten	150
Forderungen	40		
Kasse	60		
	800		800

Eigentlich müsste die Bilanz mit Abschreibungen erstellt werden. Erstellte man sie aber ohne Abschreibung, würde das Eigenkapital zu hoch ausgewiesen, da die Abschreibungen ein Aufwand sind und somit das Eigenkapital mindern. Wenn man also Geld aus dem Unternehmen zieht, dann kann man das ein wenig damit verdecken, indem man die Abschreibungen weglässt.

Aber warum hat Thomas dann den vierten Wagen nicht in die Bilanz aufgenommen? Dann wäre der Fuhrpark größer und das würde man im Eigenkapital auch sehen, oder? Das passt nicht dazu, außer .... Rolnor dachte nach und wendete es hin und her.

Mhm, jetzt mal grundsätzlich: Wenn ich einen Wagen anschaffe, dann kann ich den bar bezahlen. Das bedeutet, der Fuhrpark geht hoch und die Kasse geht runter. Das hat keinen Einfluss auf das Eigenkapital. Ich könnte den Wagen auch mit einem Darlehen, also einem Kredit bezahlen. Dann würde der Fuhrpark steigen und das Darlehen auch, hätte also auch keinen Einfluss auf das Eigenkapital. Ist also egal: Der Kauf eines Anlagegegenstandes wirkt sich nie auf den Erfolg aus. Erst am Jahresende, wenn die Abschreibungen anstehen, dann wird der Wert des Wagens gemindert. Diese Wertminderung wird als Abschreibungen auf Sachanlagen, also als Aufwand gebucht und erst dann wird sich der Wagen auf das Eigenkapital aus.

Da Thomas offenbar sehr strategisch vorgegangen ist, hat er wohl vor, demnächst zu verschwinden, bevor der Jahresabschluss ansteht. Und da der Wagen gar nicht im Bestand ist, kann er ihn auch einfach mitnehmen, ohne dass Selsora später beweisen kann, dass sie ihn gekauft hat - denn der Wagen ist ja nirgendwo vermerkt. Mann, damit hätte Thomas Selsora ausgetrickst, ohne dass ihm das jemand nachweisen konnte - zumindest nicht in der Buchführung.

Der Kerzenstummel, den sich Rolnor in seiner Dachkammer angesteckt hatte, wurde immer kleiner und Rolnor beschloss, dass es für heute genug war. Die Nacht würde wieder sehr kurz werden - viel Schlaf würde er nicht mehr bekommen. Er räumte noch seine Unterlagen zusammen und versteckte sie ganz unten in seiner Truhe. Beim Einschlafen dachte er noch einmal über alles nach und beschloss, Selsora einzuweihen. Es hatte keinen Sinn mehr, sie musste Bescheid wissen.

Kapitel 7 Krumme Geschäfte im Handelshaus Krumme

Die Ereignisse überstürzten sich an diesem Tag. Rolnor stand gerade im Lager, als Thomas ihn zu sich ins Kontor rief. Das kam sehr selten vor. Hatte Rolnor nicht gut aufgeräumt oder irgendwelche Spuren im Kontor hinterlassen? Hatte Thomas etwa Spuren der letzten Nacht entdeckt? Rolnor klopfte das Herz, ihm wurde ganz flau im Magen, als er ins Kontor trat. Ahlron war schon da und sah sehr zufrieden aus. Nachdem Rolnor die Tür geschlossen und sich einen Platz gesucht hatte, fing Thomas an: „Ich will nicht lange um den heißen Brei herumreden", begann er. Oje, das konnte ja heiter werden, durchfuhr es Rolnor. „Ich plane die Handelsroute über Siegen hinaus zu verlängern." Thomas machte jetzt eine seltsame Pause. Rolnor verstand nicht recht. Offensichtlich ging es also doch nicht um seinen nächtlichen Besuch im Kontor. „Und da die Reise länger dauert, möchte ich, dass du Rolnor hier im Handelshaus bleibst und die Geschäfte für mich weiterführst. Viel zu tun ist ja meistens nicht, wenn wir auf der Reise sind, aber es kommen einige wichtige Geschäftspartner. Du sollst Tuch kaufen und auch Eisenwaren. Hier ist eine Liste mit den Dingen, die du kaufen sollst. Quittungen für alle Ausgaben legst du dann in die Kasse, den Schlüssel dazu händige ich dir vorher aus. Außerdem werde ich noch eine Liste mit den zu erledigenden Aufgaben erstellen. Ich vertraue dir sozusagen den Laden für ein paar Tage an. Na, was sagst du dazu?"

Rolnor schossen gleich mehrere Gefühle durch den Kopf: Stolz, dass er diese Aufgabe übertragen bekam; Angst, dass er plötzlich Dinge entscheiden sollte, deren Tragweite er noch nicht verstand; Ärger, da er nicht mitgenommen wurde. Und das stürmte alles gleichzeitig auf ihn ein. Jetzt musste er aber so langsam auch was sagen - die anderen beiden sahen ihn erwartungsvoll an. „Ja, mhm", fing Rolnor an zu stammeln „das überrascht mich jetzt schon etwas." Rolnor entschied sich, den Stolz in den Vordergrund zu stellen. „Und du traust mir das wirklich zu, dich hier zu vertreten? So alles habe ich vom Geschäft noch nicht mitbekommen." Jetzt hatte er sich wieder gefangen, seinen anderen Gefühlen konnte er später nachgehen. „Klar, Rolnor, es ist ja nicht für ewig und du hast bei uns schon eine Menge gelernt. Mit der Aufgabenliste wirst du auch eine Hilfe bekommen. Also abgemacht! Wir starten erst in zwei oder drei Wochen und bis dahin kann ich dir noch jede Menge zeigen. Vor allem den Verkauf hier auf dem Markt und im Ort wirst du übernehmen müssen, damit hattest du noch nicht so viel zu tun. Ahlron wird dir das zeigen. Morgen fangt ihr damit an."

Damit war für Thomas das Gespräch beendet. Rolnor verabschiedete sich und ging wieder an seine Arbeit im Lager zurück. Da war aber noch ein Gefühl, dass er gar nicht zuordnen konnte. Irgendetwas stimmte hier nicht. Warum sollte nicht Ahlron die Geschäfte führen und Rolnor würde mitfahren? Das ergab doch viel mehr Sinn. – PANIK! – Da war es wieder, das Gefühl, das vorhin aufkam. Rolnor wurde es heiß und kalt zugleich - nicht, weil er sich der Aufgabe nicht gewachsen fühlte. Nein, Rolnor beschlich der Gedanke, dass Thomas und Ahlron planten, nicht mehr wiederzukommen. Kämen sie damit durch? Da hatte Rolnor keine Ahnung. Aber wenn, dann würden sie vermutlich alle vier Wagen mitnehmen. Oder brauchte Rolnor nicht einen hier für den Markt? Wie wurde denn der Markt immer bestückt, wenn sie mit allen Wagen nach Siegen unterwegs waren? Rolnor wusste es nicht. Auf jeden Fall wusste Rolnor jetzt, dass er dringend mit Selsora sprechen musste.

Am Nachmittag gelang es Rolnor endlich, Selsora abzufangen. Als diese gerade in den Hof eintrat, ging er auf sie zu. „Hallo Selsora, ich, ähm, du da, ich …" stammelte er. Selsora schaute ihn nur groß an. Sie war eben bei Friedo Bassinger gewesen und nicht gerade bester Laune. Das merkte Rolnor nicht, denn er war viel zu sehr damit beschäftigt, die richtigen Worte zu finden, um Selsora von seinen ungeheuerlichen Beobachtungen zu erzählen. Da hatte er schon fast den ganzen Tag damit verbracht, sich die Worte zurechtzulegen und dann brachte er nur ein Stammeln heraus.

Also dann einfach rund heraus. „Du, Selsora, ich glaube, ich habe einen ganz dicken Betrug an deinem Handelshaus herausgefunden. Hast du einen Moment Zeit?" Selsora stutze. Was sollte das denn? Reichte es denn nicht, dass ihr eigenes Leben in Aufruhr war, seit Thomas mit ihr gesprochen hatte? Musste Rolnor jetzt auch noch mit so was kommen? Schroff antwortete sie: „Dann sprich doch mit Thomas darüber, der kann dir da mehr weiterhelfen. Wenn du mich jetzt bitte …"

„Nein, das kann ich nicht, denn Thomas ist genau das Problem." Jetzt kam Rolnor nicht weiter. Selsora, die sich gerade von Rolnor abwenden wollte, zuckte zurück und antwortete etwas schrill: „Was sagst du da?" Jetzt zuckte Rolnor zusammen. „Wenn es geht, etwas leiser bitte. Können wir irgendwo ungestört sprechen?" Jetzt war Selsora aber sehr neugierig. Der Vorwurf war aber auch unerhört. „Na, dann lass uns mal hinten in den Garten gehen, dort sehen wir sofort, wenn sich uns jemand nähert."

Auf dem Weg dahin fing Rolnor erst mal mit etwas Unverbindlichem an. „Wie wird eigentlich der Markt bestückt, wenn Thomas auf Geschäftsreise ist und die Wagen nicht hier sind?" Selsora verstand im Moment gar nichts mehr und antwortete: „Na, mit dem Handwagen. Aber was hat denn diese Frage mit deinem unfassbaren Vorwurf zu tun?" „Ach, eigentlich wenig. Oder vielleicht doch etwas mehr, weiß nicht so genau. Auf jeden Fall soll ich bei der nächsten Geschäftsreise nicht mitfahren und den Markt vor Ort betreuen, da Ahlron und Thomas die lange Reise alleine unternehmen wollen. Ich soll sozusagen hier die Stellung halten."

„Ah, so. Jetzt erzähl mir aber mal, was du da meinst, herausgefunden zu haben." Rolnor und Selsora standen jetzt an der Gartenmauer und konnten den ganzen Garten und den Hof überblicken. „Also, ich bin da drüber gestolpert, als ich eines Tages gesehen habe, dass in der Bilanz der neue vierte Wagen nicht mit aufgeführt wurde. Da bin ich neugierig geworden und habe weiter nachgesehen. Dabei habe ich festgestellt, dass die Abschreibungen hier seit zwei Jahren nicht mehr vorgenommen worden sind. Ich konnte mir erst keinen Reim daraus machen, warum das so sein sollte. Denn dadurch wird das Vermögen zu hoch ausgewiesen und im Umkehrschluss auch das Eigenkapital. Das würde nur Sinn ergeben, wenn das Handelshaus Krumme Probleme hätte. Also habe ich weitergeforscht ..."

Selsora unterbrach ihn: „Du meinst, du hast hier herumgeschnüffelt? Oder hast du Thomas mal gefragt?" „Nein, um Gottes Willen! Ich vermute ja, dass Thomas sich durchaus bewusst ist, was er da tut. Ich bin dann hingegangen und habe mal die Einnahmen und Ausgaben der letzten Reise miteinander verglichen. Ich hatte den Wein beim Bassinger abgeholt und wusste daher, was wir für den Wein bezahlt hatten. Die Summe habe ich dann in der Buchführung wiedergefunden, aber bei den Verkäufen war der Wert viel zu gering ausgewiesen. Da ich ein paar Fässer auf der Reise selber mit verkauft hatte, wusste ich ja, wie viel wir ungefähr eingenommen hatten. Da wurde aber viel weniger verbucht."

Selsora unterbrach ihn: „Ich verstehe das Kauderwelsch nicht so richtig, geht das etwas genauer?" Rolnor bemühte sich. „Ok, schau. Den Wein hatte ich beim Bassinger für die letzte Reise abgeholt und auch bezahlt. Das waren 15 Taler. Diese 15 Taler sind auch richtig verbucht. Das bedeutet, die Ausgaben gehen zu deinen Lasten. Soweit korrekt. Allerdings haben wir den Wein immer für das Drei- bis Fünffache auf der Reise verkauft. Da müssten also bei den Einnahmen mindestens 45 Taler verbucht werden, eher mehr. Tatsächlich habe ich aber nur Einnahmen in Höhe von 28 Talern gefunden. Deutlich zu wenig. Da hatte ich noch gedacht, ich hätte vielleicht nicht alle Unterlagen oder es sei ein Fehleintrag. Aber auch bei den anderen Warengruppen war das so. Die Unterlagen habe ich auch abgeschrieben, ich kann sie dir zeigen." „Warum zeigst du mir nicht das Original? Ist ja schließlich mein Laden." „Nun, Thomas sollte das vielleicht nicht mitbekommen, dass wir ihm auf die Schliche gekommen sind, oder? Wir müssen erst mal überlegen, was wir jetzt machen."

Selsora schaute ihn länger an, Rolnor konnte den Gesichtsausdruck nicht deuten, dann sagte sie: „Moment mal. Erstens: Du hast da eine fixe Idee, da gibt es kein ‚wir'. Und zweitens: Was hat das mit den Abschreibungen zu tun?". Rolnor war nun richtig nervös und fuhr fort. Er merkte, an seiner weiteren Erklärung würde es hängen, ob Selsora ihm glaubt oder nicht.

„Wenn man immer zu wenig Einnahmen verbucht - und ich glaube, das ist hier systematisch schon seit längerer Zeit so - und diese Einnahmen in einer Schwarzkasse hat, die nicht in der Buchführung auftaucht, dann würde das Eigenkapital bald so darunter leiden, dass es auffällt. Daher hatte sich Thomas wohl ausgedacht, die Abschreibungen wegzulassen, damit es nicht so sehr auffällt, dass er hier Werte aus dem Unternehmen zieht. Denn dann kann man es im Eigenkapital nicht sehen."

Selsora unterbrach ihn wieder: „Du willst also andeuten, Thomas – mein Vater – hätte Geld aus den Verkäufen zur Seite gelegt, sich in die eigene Tasche gesteckt und das dann über einen Bilanztrick irgendwie verschleiert, damit es niemand merkt? Und warum? Hast du sie noch alle?" Rolnor wusste weder ein noch aus, Panik stieg in ihm auf. Selsora hatte seine Erklärungen zwar verstanden, glaubte ihm aber nicht. Jetzt hatte er sie eingeweiht und sie würde vermutlich direkt zu Thomas gehen. Und dann Gnade ihm Gott.

Selsora fuhr fort. „Heute haben alle einen Knall, das muss ich jetzt mal sagen. Was immer du da glaubst, das ist abwegig und vermutlich hast du von Buchführung einfach nur keine Ahnung. Thomas hat sich heute auch wieder was geleistet, deswegen war ich eben beim Bassinger. Mein Vater hat mir heute beim Mittagessen berichtet, er hätte geplant, dass ich nächste Woche mit Friedo Bassinger verlobt werde. Du kannst dir kaum vorstellen, wie ich getobt habe. Aber mein Vater wollte keine Widerworte hören und beendete das Gespräch. Daher komme ich gerade von Friedo, der sich darauf freut, mich zur Frau zu nehmen. Das ist einfach ungerecht! Alle spinnen jetzt und ich muss darunter leiden. Also Rolnor, tu mir den Gefallen: Vergiss, was du da nicht richtig verstanden hast und lass mich mit dem Kram in Ruhe. Vielleicht sollte ich Thomas mal sagen, er soll dir die Buchführung noch mal erklären."

Sprach's und rauschte davon. Rolnor blieb noch einen Moment unschlüssig im Garten stehen. So langsam dämmerte es ihm, dass er alles versaut hatte. Selsora hatte er in einer grandios schlechten Laune abgefangen, geglaubt hatte sie ihm kein Wort und nun musste er befürchten, dass sie Thomas alles brühwarm erzählte. Und was kam dann? Das wollte sich Rolnor gar nicht ausmalen. Er musste hier weg. Zumindest seine Unterlagen mussten weg. Am besten setzte er so schnell es ging über den Rhein über. Ach, keine Ahnung, was jetzt zu tun war. Vielleicht konnte ihm Marie helfen.

Rolnor ging schnell zum Weingut Bassinger. Marie war leider noch beschäftigt, versprach jedoch, zum Rhein zu kommen, wenn sie fertig wäre. Also schlenderte Rolnor durch Hattenheim langsam zum Rhein und betrachtete den mächtigen Fluss. Die ganze Gegend war ihm im letzten Jahr sehr ans Herz gewachsen. Am Rhein zu sitzen, dem Fluss zuzusehen, wie er langsam und träge dahinfloss und dabei die Schiffe mitnahm, daran hatte er sich sehr gewöhnt. Marie und er saßen oft am Rhein, beobachteten die Vögel, die Boote und die Fähre. Hier war immer etwas los. Der Fluss bestimmte das Leben und das Klima hier im Rheingau war auch nicht schlecht.

‚Wohin soll ich nur gehen?', dachte Rolnor, nicht zum ersten Mal an diesem Tag. Auf jeden Fall weit weg - und damit auch weit weg von Selsora. Rolnor seufzte. Ja, Selsora hatte es ihm angetan. In seinen Träumen hatte er sich eine Zukunft mit ihr ausgemalt, auch wenn Marie ihm immer wieder klar gemacht hatte, dass das nichts als verrückte Träumereien waren. Auch wenn er einmal ein Kaufmannsgehilfe wurde und damit seinen Lebensunterhalt gut verdienen konnte, so war er doch kein selbstständiger Kaufmann. Nur so wäre er standesgemäß für Selsora. Aber hätte, wäre - das brachte ihn jetzt auch nicht weiter. Er musste den Blick fest nach vorn richten und irgendwie einen Ausweg aus der Misere finden.

Endlich kam Marie und setzte sich zu ihm. „Na, was bedrückt dich denn? Das kann man bis über den Rhein spüren, dass da was nicht stimmt", begrüßte sie ihn. „Ach, Marie, das kannst du dir kaum vorstellen. Ich bin am Ende meiner Weisheit und ich glaube, ich muss heute noch fliehen."

Vollkommen verständnislos sah Marie Rolnor an und fragte nach einer Pause: „Was erzählst du da? Hast du was verbrochen? Hast du geklaut? Ich verstehe nicht." Rolnor sah Marie an. Auch sie würde er vermissen. Sie war seine beste Freundin, auf die er sich immer verlassen konnte. Im letzten Jahr hatten sie sich immer gegenseitig ihren Kummer erzählt - meist, weil Marie sich mit irgendeinem Verehrer rumgeschlagen hatte. Noch ein schwerer Verlust. Doch bevor Rolnor sich in Selbstmitleid ergehen konnte, stieß Marie ihn mit dem Fuß an: „Schieß los!"

„OK, die Sache ist echt kompliziert und ich kann es selbst kaum fassen. Ich habe - zu Beginn eher zufällig - herausgefunden, dass im Handelshaus ein wahnsinniger Betrug am Laufen ist. Du musst mir aber versprechen, auch wenn es dir schwerfällt, nichts, aber auch gar nichts von dem, was ich dir sage, weiterzuerzählen." Rolnor schwieg erst einmal und schaute Marie erwartungsvoll an. Marie rollte mit den Augen. „Rolnor, ich bin zwar ein Tratschweib, aber du kannst auf mich zählen. Ich kann auch schweigen wie ein Grab." Das stimmte allerdings, wenn es darauf ankam, hatte Marie noch nie Geheimnisse verraten.

„Ja, entschuldige, aber wenn du gleich erfährst, was ich dir erzähle, dann wirst du verstehen, dass ich mich absichern musste - zumal ich mir nicht ganz sicher bin. Aber fast." „Nun, spann mich nicht so auf die Folter, das ist ja echt übel. Raus mit der Sprache." Rolnor grinste, Marie war echt neugierig.

„Thomas hat über die letzten beiden Jahre systematisch an Selsora vorbeigewirtschaftet. Er hat Vermögen aus dem Handelshaus abgezogen, vermutlich, weil er damit abhauen will." Jetzt war die Bombe geplatzt. Rolnor konnte sehen, dass Marie ihm auch kein Wort glauben wollte. „Das soll ich glauben? Thomas liebt doch seine Selsora über alles. Warum sollte er sie betrügen und Geld veruntreuen? Das ist es doch, was du behauptest." „Ja, das behaupte ich, ich habe mich einige Nächte ins Kontor geschlichen und bin die Buchführung durchgegangen. Dazu habe ich auch einige Beweise abgeschrieben. Oh Mist, die liegen in meiner Dachkammer!"; schoss es Rolnor durch den Kopf. Da waren sie in dieser Situation nicht besonders gut aufgehoben.

Er erzählte jedoch erst einmal weiter. „Die Details könnte ich dir mit den Unterlagen zeigen, aber um es kurz zusammenzufassen: Thomas hat auf seinen Reisen alle Waren auf Kosten des Handelshauses eingekauft, aber einen Teil der Einnahmen nicht für das Handelshaus verbucht. Das Geld, das er eingenommen hat, ist einfach nicht da - zumindest nicht in der Buchführung des Handelshauses. Dafür kann es nur einen Grund geben: Er hat es selber eingesteckt. Hast du mir nicht mal erzählt, dass Selsora das Unternehmen gehört und er eigentlich nur ein angestellter Verwalter ist?"

Marie nickte. „Dann ergibt es nämlich Sinn, dass er sich selbst ein Vermögen aufbauen will, bevor seine Selsora sich einen Mann sucht. Denn dann wäre er bei ihrem Ehemann als Verwalter angestellt. Im Moment kann Thomas arbeiten, als ob ihm der Laden gehört. Offiziell verwaltet er für Selsora das Handelshaus, aber in Wirklichkeit fühlt es sich für ihn so an, als ob er der Chef sei." Marie fiel ihm ins Wort: „Und das würde sich sofort ändern, wenn Selsora heiraten würde." „Genau und deswegen glaube ich, dass Thomas von seiner nächsten Geschäftsreise nicht mehr wiederkommen wird. Und dann hätte er neben dem Geld auch noch den gesamten Fuhrpark mitgenommen. Vielleicht schickt er dann auch die Knechte mit drei Wagen zurück, aber der neue vierte Wagen ist in den Büchern noch nicht einmal verzeichnet. Dann könnte ihm keiner nachweisen, dass er Geld veruntreut hat, aber Selsora wäre pleite." Rolnor schwieg einen Augenblick und ergänzte dann noch sehr traurig: „Außerdem hat sie mir vorhin noch an den Kopf geworfen, dass sie sich mit Friedo in der nächsten Woche verloben wird."

„Oh Mann Rolnor, das tut mir leid, aber so etwas musste ja kommen. Ich wusste das schon länger, dass die Idee der Verlobung noch hinter vorgehaltener Hand zwischen dem alten Bassinger und Thomas verhandelt wurde. Die haben zwar geglaubt, niemand erfährt davon, aber eine Marie bekommt doch alles mit", ergänzte sie lächelnd. Als sie allerdings in Rolnors Gesicht sah, verging ihr das Lächeln. „Du bist doch tatsächlich traurig, dass Selsora dann für dich endgültig unerreichbar ist, richtig? In deinem ganzen Liebeskummer übersiehst du allerdings eine Sache." Marie schwieg bewusst, um Rolnor aus seiner Lethargie herauszuholen. „Was soll ich übersehen? Die Sache ist klar. Ich habe

vorhin versucht, Selsora den Betrug zu erklären und sie war stink-
sauer. Ich bin mir sicher, sie ist längst bei Thomas und hat ihm
alles erzählt. Ich kann nicht mehr zurück. Ich muss fliehen.
Thomas macht mich einen Kopf kürzer, wenn er erfährt, dass ich
ihn entlarvt habe." Marie schüttelte den Kopf. „Ja, das ist ein Problem. Vor allem, dass du sofort mit Selsora sprechen musstest."
„Ich musste sie ja wenigstens schützen, wenn ich sie schon nicht
lieben darf", sprudelte es aus Rolnor heraus.

„Ganz richtig, du liebst sie und irgendwie ist das süß. Aber du bist
wirklich in Gefahr. Eine Sache hast du aber immer noch übersehen. Die Verlobung soll unbedingt noch vor der Abreise stattfinden. Damit möchte Thomas sicherstellen, dass Selsora, wenn er
nicht zurückkommt, finanziell abgesichert ist. Das Weingut wird
den Verlust auffangen und Selsora kann mit Friedo eine Familie
gründen. Eigentlich clever von Thomas."

Rolnor stöhnte auf, das wollte er so gar nicht hören. Marie fuhr
fort: „Aber ich glaube, er hat Selsora falsch eingeschätzt. Ich denke
nicht, dass sie Friedo heiraten wird. Aber das ist nicht unser Problem. Du hast recht: Die nächsten Tage solltest du untertauchen.
Fliehen kannst du immer noch, wenn sich die Lage weiter zu-
spitzt. Ich kenne oberhalb der Weinberge eine Höhle, die ist schon
ein wenig zugewachsen. Sie wird bei Schlechtwetter als Unterstand benutzt, wenn ein Gewitter die Arbeiter in den oberen
Weinbergen überrascht und sie nicht mehr nach Hause kommen.
Da das Wetter im Moment gut ist, solltest du dort ein paar Tage
bleiben. Ich versorge dich mit Essen und" - Marie schmunzelte -
„mit Nachrichten."

Marie zeigte Rolnor den Unterstand und sagte zu, ihm am nächsten Tag Essen zu bringen. Rolnor musste noch einmal zum Handelshaus zurück, um seine Aufzeichnungen vom Betrug und seine
warmen Sachen zu holen. Er näherte sich in der Dämmerung vom
Weinberg her dem Handelshaus. Gerade als er durch die kleine

Pforte gehen wollte, die den Weinberg mit dem Hof des Handelshauses verbindet, hörte er Stimmen. Er blieb im Schutze der Dunkelheit stehen und tatsächlich: Im Hof, vor dem Haupthaus sitzen Thomas und Selsora und unterhalten sich. Angestrengt lauscht er und kann tatsächlich einiges verstehen.

„…Ja Selsora, die Reise nach Göttingen muss sein. Immerhin will ich uns eine neue Handelsroute aufbauen und da muss man auch mal Zeit investieren." Göttingen? Ich dachte, es sollte nach Köln gehen oder hatte Rolnor sich verhört? Selsora fragte genau das auch gerade nach: „Nach Göttingen? Ich dachte Köln wäre dein Ziel." Thomas reagierte unwirsch. „Ach, habe ich Göttingen gesagt? Na komisch, nein Köln ist schon richtig."

„Aber wir können doch so lange nicht den Markt hier in Hattenheim und auch Kiedrich nur mit dem Handkarren bedienen. Dann lass doch wenigstens einen Wagen hier." „Seit wann interessieren dich denn die Geschäfte? Nein, ich plane das so und basta. Jetzt mal was Anderes: Hast Du dich beruhigt wegen meines Vorschlags zur Verlobung?" Selsora sog scharf die Luft ein. „Ich war heute bei Friedo gewesen und er war natürlich schon länger im Bilde und sogar sehr glücklich darüber - was ich von mir nicht behaupten kann. Wie konntest du es wagen, hinter meinem Rücken so etwas auszuhandeln? Ich bin ihm ja quasi schon versprochen." „Nun mach mal halblang. Als dein Vater muss ich wohl diese Entscheidung für dich treffen. Ich weiß, was gut für dich ist. Friedo ist eine gute Partie und damit ist der Fall erledigt. Seine Familie ist einverstanden - ich bin einverstanden, damit wäre das geklärt. Nächste Woche feiern wir dann die Verlobung, bevor ich die Reise antrete. Dann weiß ich dich hier in guten Händen." „Aber" hob Selsora an. „Nichts aber, für heute habe ich genug Geschwätz von dir gehört. Gute Nacht." Damit ging Thomas ins Haus.

KAPITEL 8 EINKAUFEN, VERKAUFEN, ABSCHREIBEN UND MEHR

Rolnor hörte, wie Thomas die Tür hinter sich zuzog. Selsora stand wie angewurzelt im Garten, ihre Schultern zuckten, tat sie den Streit mit einem Schulterzucken ab? Nein, sie weinte! Rolnor konnte nicht anders - auch wenn er sich besser hätte wegschleichen sollen - er musste hingehen. Also machte er sich bemerkbar, als ob er gerade erst gekommen wäre. Selsora bemerkte ihn aber sowieso erst sehr spät und bevor sie sich abwenden konnte, sprach Rolnor sie an: „Selsora, weinst Du? Dumme Frage, ich sehe es ja selber. Was ist los?" „Ach, Rolnor, alles ist so furchtbar durcheinander, ich weiß nicht mehr weiter." „Magst du mir erzählen, was los ist? Manchmal ist es dann einfacher." Selsora blickte Rolnor lange und intensiv an, dann sagte sie langsam: „Ja, vielleicht. Komm, lass uns ins Lager gehen. Ich brauche gerade Abstand von meinem Vater."

Schweigend gingen sie durch den Hof und betraten das Lager. Dort war alles still, aber es war in der Dämmerung noch hell genug. „Ich habe Thomas eben noch einmal angesprochen - auf die Reise und ob er wirklich alle vier Wagen mitnehmen will. Es wird mit dem Handwagen hier sehr schwer für dich, die Märkte zu versorgen. Aber das ist nicht das eigentliche Problem. Er hat dabei auch gesagt, er würde die Reise nach Göttingen machen. Als ich ihn fragte, ob es nicht Köln wäre, hat er etwas unwirsch reagiert und gesagt, er meinte Köln, hätte sich nur versprochen. Seltsam." Rolnor bestätigte „Na, so ganz seltsam finde ich das nicht. Ahlron hatte letztens auch noch schnell die Kurve bekommen und schon ‚Gött...' gesagt und sich dann schnell auf Köln korrigiert. Scheint so, als ob die beiden nicht mit offenen Karten spielen. Wenn sie wirklich verschwinden wollen, ist es für sie wichtig, ihre Spuren zu verwischen."

Selsora unterbrach Rolnor: „Aber das ist nicht der Grund, warum ich eben geweint habe." Sie schluchzte schon wieder auf. „Thomas besteht darauf, dass ich Friedo heirate und ich kann ihn einfach nicht leiden. Außerdem … " weiter sagte sie nichts, sondern schaute Rolnor nur mit großen Augen erwartungsvoll an. Der wusste nicht, was er jetzt sagen sollte. Sie trösten, dass eine Ehe mit Friedo nicht so schlimm werden würde? Dass es doch normal wäre, dass die Eltern den Ehepartner aussuchten? Dass Friedo ein reicher Mann wäre? Alles das hätte er sagen können, aber es kam ihm nicht über die Lippen. Lieber hätte er sich die Zunge abgebissen. „Also" hob er an „ich kann Friedo ja auch nicht leiden, aber meine Gründe sind da andere als deine."

Das war ein toller Anfang, was wollte er daraus machen? Oh Mann, wenn man doch die Gabe hätte, in solch einer Situation die richtigen Worte zu finden. „Weißt du, ich kann ihn nicht leiden, weil …, weil …, ja weil er dich heiraten soll." So, jetzt hatte er alles und gar nichts gesagt. Selsora schaute ihn weiterhin groß an. „Ich könnte dir ja anbieten, mit dir durchzubrennen", versuchte Rolnor es jetzt scherzhaft „aber ich hätte dir ja nichts zu bieten." War doch kein guter Scherz, irgendwie war das an der Wahrheit viel zu nah dran und tat richtig weh. „Was erzählst du da, Rolnor? Ich verstehe dich nicht. Kannst du nicht klarer sprechen? Ich habe das Gefühl, du willst mir irgendwas Bestimmtes sagen."

Rolnor stöhnte innerlich auf. „Warum findest du immer so treffende Worte und ich stammle hier rum", sagte er dann. Selsora beließ es erst einmal dabei und wechselte abrupt das Thema. „Ich habe noch mal über das Gespräch heute Nachmittag nachgedacht. Ich fand es ungeheuer mutig von dir, mir davon zu erzählen. Du musstest doch damit rechnen, dass ich das sofort Thomas erzähle, oder?" „Ja, ich gehe davon aus, dass du es ihm erzählt hast. Deswegen will ich jetzt meine Sachen packen und erst einmal untertauchen. Vielleicht muss ich auch ganz gehen und diese Gegend verlassen." „Echt? Das würdest du für mich tun? Erstaunlich, dass du mir das auch noch sagst. Willst du mir nicht noch verraten, wo du untertauchen möchtest?" Jetzt lächelte Selsora wieder leicht schelmisch. „Im Ernst, du hast dich echt in Gefahr gebracht. Du hättest mich auch gar nicht warnen müssen. Warum hast du das getan?"

Jetzt wurde es für Rolnor ernst. Es hatte keinen Zweck. Da er sowieso vor hatte zu gehen, konnte er auch noch die letzten Reste seiner Würde zurücklassen. „Ich wollte dich wenigstens beschützen, wenn ich dich …" das war jetzt aber wirklich schwer auszusprechen, konnte ihm denn niemand helfen? Na ja, außer Selsora war ja niemand hier und es sah nicht so aus, also ob sie Gedanken lesen konnte. Er hob wieder an. „Wenn … ich …, weil ich …" stammelte er. Jetzt wurde er auch noch rot vor lauter Verlegenheit. Hoffentlich sah man das in der Dämmerung nicht. „Ich liebe Dich", brach es jetzt doch aus ihm heraus. „Und da ich bei dir keine Chancen haben kann, will ich dich wenigstens beschützen."

Selsora schwieg lange und sah Rolnor erstaunt an. „Der Tag entwickelt sich so langsam", begann sie. Rolnor war das jetzt unglaublich peinlich. „Hör mal, ich weiß, ich bin nur ein Kaufmannsgehilfe - nein, noch nicht einmal das. Ich bin nur ein Lehrling zum Kaufmannsgehilfen und du bist die Chefin dieses Handelshauses. Ich weiß, dass uns beide nichts miteinander verbindet. Marie sagt mir schon lange, dass ich dich mir aus dem Kopf schlagen soll, aber: Es gelingt mir nicht." „So, Marie ist also auch im Bilde und das auch schon lange?" Jetzt lachelte Selsora. Lachte sie ihn aus? Dann waren wieder beide still und diese Stille zerrte an Rolnors Nerven. Er wusste aber nicht, was er noch sagen sollte. Nach einer Weile räusperte sich Selsora und sagte ganz leise: „Der Tag wird wirklich langsam besser, Rolnor. Ich habe Friedo vor allem wegen dir abgelehnt. Wieso soll ich einen unhöflichen, ungehobelten, überheblichen Mann heiraten, wenn ich einen gutherzigen, intelligenten und freundlichen haben könnte? Aber ich weiß, unsere Ausgangssituation ist nicht gut und wir kennen uns kaum. Vielleicht bist du ja doch nicht so, wie ich mir das vorstelle. Aber ich habe mich beim Fest in dich verguckt und immer wieder beobachtet. Ich finde dich …, ach, ich finde keine Worte", schloss Selsora und küsste Rolnor. „Ach, warum muss das so schwer sein, Rolnor? Auch ich fühle mich sehr zu dir hingezogen."

Rolnor spürte jetzt vor allem seinen Magen - da waren ja nicht nur Schmetterlinge unterwegs, da war die ganze Fauna in Aufruhr. Konnte das möglich sein? Von Liebe hatte Selsora nicht gesprochen und was aus ihnen jetzt werden sollte auch nicht. Das Gefühlschaos war perfekt.

Selsora und er schauten sich noch lange in die Augen. Dann brach Selsora den Bann: „Rolnor, hilfst du mir die Sache hier durchzustehen? Ich will genau wissen, was Thomas geplant hat. Bitte zeig mir deine Aufzeichnungen und lass uns überlegen, wie ich vorgehen soll. Ich brauche dich jetzt. Aber es hat mich auch überrumpelt, was du für mich empfindest. Ich möchte ganz ehrlich zu dir sein: Ich kann mir leider nicht vorstellen, dass wir die Chance bekommen, uns richtig kennenzulernen. Ich würde mir das wünschen, denn dann könnten wir weitersehen. Aber ich befürchte, genau wie du, dass sich alle gegen uns stellen - mein Vater sowieso und mein Großvater wohl auch. Er ist sehr auf seinen Reichtum bedacht. Daher ist Thomas ja auch kein Erbe, sondern ich. Und diese beiden Männer werden wohl über mich entscheiden. Meinst du, du kannst mir aber trotzdem helfen und das hier durchstehen? Ich weiß nämlich gar nicht, was ich tun soll."

Wow, das war mal eine Ansage. Rolnor versprach sofort: „Klar, ich helfe dir und was aus uns wird, das steht auf einem anderen Blatt und hat damit nichts zu tun." Das war nicht wirklich sein Ernst, er hatte gerade den größten Vorteil, den er noch hatte, selbst aus der Verhandlungsmasse gestrichen. Vielleicht bin ich doch ein ganz schlechter Kaufmann. Nur, vielleicht zählen in der Liebe keine Zugeständnisse und Verhandlungstaktiken, hoffte er.

„So, dann lass mich mal die Unterlagen sehen und erklär mir alles ganz genau." Damit schob Selsora Rolnor aus dem Lager ins Kontorhaus hinüber und sie gingen in seine Kammer unter dem Dach. Rolnor kramte seine Unterlagen hervor.

„Schau mal, hier habe ich notiert, was im Grundbuch zu den Wareneinkäufen und Warenverkäufen beim Wein bei der letzten Reise stand:

Beleg	Buchungssatz
149	Wareneingang 15 an Kasse 15
:	:
248	Kasse an Warenverkauf 28

Im T-Konto sieht das dann so aus:

Soll	Wareneingang Wein	Haben
24. Einkauf Bassinger 20		
149. Einkauf Bassinger 15		
378. Einkauf Hamke 7		

Soll	Warenverkauf Wein	Haben
	78. Reise Mai	45
	248. Reise Juli	28

Da ich dabei war, weiß ich, dass der Beleg 149 vollkommen korrekt ist - den habe ich beim Bassinger selbst abgezeichnet. Aus meiner Erinnerung wurde in Siegen der Wein für die vierfache Summe verkauft. Je weiter weg wir vom Rhein gekommen sind, desto höher wurden die Preise. In Wehen war das Doppelte fällig, in Limburg schon etwas mehr und besonders lukrativ war es eben in Siegen. Dort habe ich Wein ausgeliefert und allein dort bei einem Kunden 12 Taler eingenommen. Ich weiß auch, dass wir den gesamten Wein verkauft haben und nichts mit zurückgebracht haben, sodass sich auch nichts über Bestandsveränderungen reduzieren könnte."

Selsora schaute lange auf die Unterlagen und hörte aufmerksam zu. „Okay, das beweist tatsächlich gar nichts, ohne deine Aussage dazu. Auffällig ist es schon, dass noch nicht einmal der doppelte Preis erzielt worden sein soll. Dafür würde sich die Reise tatsächlich nicht lohnen. Schließlich haben wir außer dem Wein noch weitere Kosten: für die Ochsen, die Knechte, Reisekosten und so weiter. Ja, schau mich nicht so an. Auch wenn ich den Eindruck erwecke, ich würde mich nur für schöne Kleider interessieren, heißt das nicht, dass ich über das Geschäft nichts weiß. Allerdings habe ich das fast alles bei meinem Großvater gelernt. Mein Vater hat mich nie ins Geschäft eingeweiht."

Rolnor schmunzelte: „Erwischt, ich dachte wirklich, du hast überhaupt keine Ahnung. Und was deine Kleider angeht, die stehen dir wirklich gut". Selsora rollte die Augen: „Jetzt ist nicht die Zeit für Süßholzraspeln. Leider weiß ich tatsächlich viel zu wenig vom Geschäft. Nur so allgemeine Grundsätze des Handelns hat mir Großvater beigebracht. Ich denke, ich verstehe die Binnenschifffahrt besser als den Wagenhandel. Schande, das muss anders werden. Aber erzähl weiter."

„Ja, neben dem Wein habe ich mir auch die Eisenwaren mit angesehen. Bei den Eisenwaren kenne ich mich besser aus als Thomas und Ahlron, da wir zu Hause eine Schmiede haben. Also hat mich Thomas zur Begutachtung der Qualität immer gerne mitgenommen. In Siegen gibt es tatsächlich viele gute Waren und da haben wir beim letzten Mal ein paar Sachen gekauft. Du siehst hier den Buchungssatz:

Beleg	Buchungssatz
178	Wareneingang Eisenwaren 8 an Kasse 8

Daran kann ich mich gut erinnern, da es der einzige Einkauf in Siegen war und die 8 Taler stimmen. Wir haben fast die gesamten Eisenwaren in Idstein verkaufen können, nur ein paar Reste sind ins Lager gewandert und hier steht beim Verkauf:

Beleg	Buchungssatz
256	Kasse 4 an Warenverkauf Eisenwaren 4

„Das ist ja sogar unter Einkaufspreis! Das ist ja unerhört. Wäre es denkbar, dass du dich getäuscht hast und wir doch viele Eisenwaren noch auf dem Lager hätten?" fragte Selsora nach. „Ja, dann sähe das anders aus, denn dann würde der Wareneingang durch die Inventur wieder reduziert werden. Technisch würde man dann ..." Selsora unterbrach ihn: „Nein, keine Buchungstechnik jetzt. Ich wollte das nur wissen, da sich Thomas also da auch rausreden könnte, wenn ich ihm das zeigen würde und ich nicht beweisen kann, dass die Waren nicht mehr auf dem Lager sind. Sie könnten auch in Geisenheim oder Kiedrich verkauft worden sein, richtig?" Selsora zeigte im T-Konto auf die weiteren Eintragungen.

Soll	Warenverkauf Eisenwaren	Haben
	256. Reise Juli	4
	288. Markt Geisenheim	2
	312. Markt Kiedrich	3

„Ja, absolut richtig, aber auch dann, sieh mal: Das sind insgesamt nur neun Taler im Verkauf. Da müssten jetzt noch viele Eisenwaren im Lager liegen. Wenn du also im Lager keine Eisenwaren mehr findest oder nur noch sehr wenige, dann wäre das ein Beweis."

„Nicht so schnell, es würde nur beweisen, dass mein Vater schlecht gewirtschaftet hat, nicht, dass er mich betrügt." Rolnor schluckte. Wollte Selsora trotz der Zahlen ihrem Vater immer noch glauben? Verteidigte sie jetzt Thomas wieder? Er fing noch mal an: „Ja, theoretisch schon. Aber sowohl beim Wein als auch bei den Eisenwaren stimmt was nicht. Bei den anderen Dingen habe ich leider nicht so genau darauf geachtet. Immerhin hatte ich während der Reise noch keinen Verdacht. Ich bin mir aber sicher, dass auch diese Zahlen nicht stimmen. Den Verdacht habe ich erst bekommen, als ich Thomas eine Liste ins Kontor legen sollte und da lag noch das Konto zum Fuhrpark offen. Da fiel mir auf, dass der vierte Wagen nicht verbucht wurde. Da wurde ich neugierig, auch deshalb, weil auf meine Nachfrage hin, wann ich auch in der Buchführung mitmachen dürfe, die Ablehnung sehr spürbar war. Außerdem habe ich dann am nächsten Tag gehört, dass Thomas und Ahlron miteinander gesprochen haben, ich würde meine Nase in Dinge stecken, die mich nichts angingen und das war im Zusammenhang mit meiner Nachfrage nach einer Erklärung zur Buchführung. Da wurde ich erst recht neugierig.

Gefunden habe ich dann noch das T-Konto zum Fuhrpark:

Soll	Fuhrpark		Haben
Anfangsbestand	430	Schlussbestand	430
	430		430

Und das stimmt eindeutig nicht, hier fehlen die Abschreibungen. Das Konto ist genauso eröffnet wie abgeschlossen. Also nicht nur der vierte Wagen wurde nicht verbucht, die anderen drei Wagen hatten offensichtlich auch keinen Wertverlust zu verzeichnen. Das ist großer Quatsch, denn die Wagen wurden genutzt und werden davon nicht gerade besser. Also habe ich nach der Bilanz geschaut und die Anlage zum Fuhrpark gefunden.

	Neuwert	Abschreibungen Vorjahre	Abschreibungen aktuelles Jahr	Buchwert
Wagen 1	180	90		90
Wagen 2	190	38		152
Wagen 3	188			188
Bilanzwert				430

Hier erkennst du den Wert von 430 Talern wieder und man sieht genau: Es wurden im aktuellen Jahr keine Abschreibungen vorgenommen und beim Wagen 3 noch nie. Wie alt ist denn der dritte Wagen?"

Selsora überlegte kurz und sagte: „So genau weiß ich das nicht, zwei, vielleicht drei Jahre. Älter wohl nicht. Und du meinst, dass Thomas die Wagen schon ein paar Jahre nicht mehr abgeschrieben hat? Nun, ist das denn so schlimm? Die fahren schließlich noch."
„Fahren tun sie noch", entgegnete Rolnor, „aber damit veränderst du den Wert in der Bilanz. Ich habe mir das mal selbst an diesem Beispiel hier klar gemacht.

Aktiva	Bilanz mit Abschreibung		Passiva
Gebäude	200	Eigenkapital	200
Fuhrpark	100	Darlehen	250
Warenbestand	200	Verbindlichkeiten	150
Forderungen	40		
Kasse	60		
	600		600

Aktiva		Bilanz ohne Abschreibung		Passiva
Gebäude	300	Eigenkapital		400
Fuhrpark	200	Darlehen		250
Warenbestand	200	Verbindlichkeiten		150
Forderungen	40			
Kasse	60			
	800			800

Du siehst hier zwei Bilanzen, einmal mit einer korrekt vorgenommenen Abschreibung und einmal so verändert, als hätte man die Abschreibung nicht vorgenommen. Alles andere habe ich so gelassen - also den Warenbestand, die Forderungen, die Kasse und auch das Darlehen und die Verbindlichkeiten. Was man hier gut erkennt, ist: Mit der Abschreibung sinkt das Eigenkapital hier im Beispiel stark ab. Das hängt daran, dass der Wertverfall der Gebäude und des Fuhrparks - also der Wagen - sich wie ein Aufwand auswirkt und ein Aufwand mindert das Eigenkapital. Wenn ich aber die Abschreibungen weglasse, dann mindert sich auch das Eigenkapital nicht. Und das ist der zweite Baustein im Betrug."

Selsora schaut Rolnor nur verständnislos an. „Das verstehe ich nicht. Was hat das Unterschlagen von Einnahmen denn mit den Abschreibungen zu tun? Das hängt doch nicht miteinander zusammen, oder?"

„Indirekt schon. Also, wenn Thomas Gelder unterschlägt, dann fehlen dir die Einnahmen in deinen Büchern. Somit würdest du relativ schnell Verlust schreiben und dein Eigenkapital würde sich reduzieren. Damit das aber nicht so auffällt, hat Thomas sich ausgedacht, dass er die Abschreibungen nicht vornimmt, da er dann den gegenläufigen Effekt hat. Die ausgelassenen Abschreibungen wirken so, als ob du mehr Vermögen und auch mehr Eigenkapital hättest."

Selsora unterbrach ihn: „Ach so, daher das Beispiel mit den beiden Bilanzen, die eigentlich das gleiche Unternehmen darstellen - nur einmal mit ganz normaler Abschreibung, so wie man es macht und einmal mit unterlassener Abschreibung. Und da sieht man wirklich, dass das Eigenkapital ohne Abschreibungen viel größer ist. Aber irgendwann geht so ein Wagen kaputt und dann wird auf einen Rutsch der Wagen abgeschrieben und das Eigenkapital rauscht in den Keller."

„Ja, genau und so kann Thomas Gelder unterschlagen, ohne dass es gleich im Gewinn und im Eigenkapital auffällt. Früher oder später natürlich schon, aber ich befürchte, dass er dann plant, nicht mehr hier zu sein."

Selsora schluckte. „Du weißt schon, dass wir hier über meinen Vater reden und dass ich es wirklich kaum glauben kann, dass er mich so betrügen will. Das ist ganz schön hart zu verarbeiten, aber die Beweise, die du da gesammelt hast, sprechen schon dafür."

Rolnor konnte ihre Verzweiflung spüren, aber er musste noch einen letzten Punkt hinzufügen. „Ja, kann deine Zweifel nachvollziehen, denn ihr habt euch doch immer gut verstanden, oder?" „Auf jeden Fall, ich dachte immer, für meinen Vater wäre ich das Ein und Alles. Die schicken Kleider, er verwöhnte mich … Das Schlimmste ist tatsächlich nicht, dass er versucht, mein Geld zu bekommen, das Schlimmste ist, dass er mich wohl einfach verlassen und allein zurücklassen würde."

Rolnor ergänzte: „Einen Punkt muss ich dir aber noch sagen: Ich befürchte, dass du zahlungsunfähig wirst, wenn Thomas auch noch die Kasse mit auf die Reise nimmt. Denn über die zwei oder drei Jahre, in denen das hier schon läuft, sind ja ganz viele Einnahmen in eine Kasse gewandert, die Thomas wohl für sich verwaltet. Das heißt, dein Vermögen ist in diese andere Kasse gegangen. Die Schulden stehen allerdings alle bei dir. Und wenn er jetzt auch noch die offizielle Kasse mitnimmt, dann sieht es schlecht aus. Mir will er nur eine kleine Handkasse dalassen für die Zeit seiner Reise."

Selsora stutze, überlegte eine Weile und brach dann in Tränen aus. Rolnor legte einen Arm um sie, um sie zu trösten. Mit erstickter Stimme sagte sie: „Jetzt wird mir auch klar, warum ich einen großen Betrag in bar bekommen soll, damit ich angeblich die Hochzeit vorbereiten kann. Er will mir damit die Zeit überbrücken, bis dann seiner Meinung nach Friedo hier die Geschäfte übernimmt und er auf und davon ist. Das ist so unglaublich. Ich hoffe aber irgendwie immer noch, dass wir uns irren."

Rolnor fiel auf, dass Selsora nicht mehr davon sprach, dass - er - sich irrte, sondern dass - sie - sich irrten. Offensichtlich hatten seine Erklärungen sie doch überzeugt. „Es ist schon sehr spät, Selsora. Wie sollen wir denn jetzt weiter vorgehen? Eigentlich wollte ich nur meine Sachen holen, um unterzutauchen." „Stimmt ja, du hattest ja gedacht, ich hätte deinen Verdacht meinem Vater erzählt. Nein, untertauchen würde dich jetzt erst recht verdächtig machen. Wir müssen erst einmal nachdenken, was wir unternehmen können, aber nicht mehr heute Abend. Ich muss das erst einmal verarbeiten. Lass uns morgen beratschlagen, was wir tun können. Es ist wirklich schon sehr spät. Ich verschwinde besser von hier und hoffe, dass mich niemand sieht. Wenn ich erklären müsste, was ich nachts in deiner Kammer verloren habe ...", schmunzelte Selsora und fuhr gut gelaunt fort: „...und dabei ist ja gar nichts passiert." Schnell drückte sie dem verwirrten Rolnor einen Kuss auf die Stirn und rauschte davon.

Kapitel 9 Wenn alles zählt:
Die Inventur

Allein in der Kammer blickte Rolnor noch eine Weile stumm vor sich hin und versuchte, die Ereignisse des Tages zu verdauen. So viele Gespräche, so viele Verwirrungen und es gab noch so viel zu tun. Selsoras Verhalten verstand er überhaupt nicht mehr. Er war sich ganz sicher gewesen, dass sie Thomas sofort alles erzählen würde. So sauer hatte sie gewirkt. Dass sie ihn heute sogar zweimal geküsst hatte, war - nun, keine Ahnung, wie das war - auf jeden Fall sehr aufregend für seine ganzen Schmetterlinge im Bauch, die dort Saltos drehten. Auch wenn die Nacht schon weit fortgeschritten war, fand Rolnor lange keinen Schlaf, sodass der nächste Tag viel zu schnell kam. Eigentlich hätte er müde und mürrisch sein müssen, aber seine Sinne waren geschärft und seine Nerven angespannt. Alles konnte schiefgehen, durfte aber nicht.

Rolnor wunderte sich, dass Thomas und Ahlron mit ihm ganz normal umgingen und er versuchte, auch so normal wie möglich zu wirken. Aber war das nicht schon auffällig? War er vielleicht zu verkrampft? Nun, Thomas und Ahlron hatten ja auch ihre Geheimnisse und wenn Rolnor Glück hatte, waren sie mit sich selbst so beschäftigt, dass sie nicht bemerkten, dass auch Rolnors Gedanken sich verändert hatten. Jedes noch so kleine Wort, jede noch so kleine Geste versuchte Rolnor zu interpretieren. Das war vielleicht anstrengend!

Selsora ließ sich den ganzen Vormittag nicht blicken. Da kam Marie in den Hof gelaufen. Mist, er hatte Marie total vergessen und ihr gar nicht erzählt, dass er sich nicht verstecken musste. Marie kam direkt auf Rolnor zu. „Na, du hast ja vielleicht Nerven. Ich war gerade auf dem Weg – ach, hallo Ahlron", wechselte Marie schnell das Thema. Der grinste breit. „Na, was hat unser Rolnor denn mal wieder vergessen? Hat er dich versetzt?" Zum Glück stand Rolnor mit dem Rücken zu Ahlron, sodass dieser nicht sehen konnte, wie er abwechselnd rot und dann fahlweiß wurde. Marie war mal wieder viel cooler und gewitzter. „Ach Ahlron, Männer sind doch alle gleich. Da versprechen sie einem das Blaue vom Himmel und dann vergessen sie es einfach."

Ahlron konterte neugierig: „Was hat Rolnor denn versprochen und nicht eingehalten?", wollte er wissen. „Das, mein Lieber, geht dich gar nichts an", grinste Marie und hakte sich bei Rolnor ein. „Das geht nur mich und meinen Rolnor was an. Meinst du, du kannst Rolnor mal ein wenig entbehren? Denn jetzt müssen wir dringend mal was klären" und sie lächelte Rolnor schmachtend an. Ahlron ging sofort darauf ein. „Nun, wenn es so ist, dann entlasse ich euch zwei Turteltäubchen mal in die Mittagspause. Wird ja auch langsam Zeit, dass ihr mal ein paar Dinge klärt. Ich finde, ihr passt gut zusammen."

Marie zog Rolnor dabei aber schon zum Hof heraus. „Los", zischte sie Rolnor an, „leg schon den Arm um mich, damit Ahlron in seiner Einschätzung auch bestätigt wird. Das wird ihn ablenken". So zogen Marie und Rolnor aus dem Hof durch die Gassen Hattenheims und Rolnor konnte Marie auf den neuesten Stand bringen.

Er ließ auch den Kuss nicht aus. „Bilde dir ja nichts darauf ein", sagte Marie. „Das ist die Situation. Wenn erst einmal alles geklärt ist, wird sie bestimmt merken, dass du keine gute Partie bist - wie du ihr es auch selber gesagt hast." „Ach Marie, musst du mir eigentlich beim Thema Selsora immer so mit dem Verstand kommen? Denkst du, meine Schmetterlinge wollen deine Einschätzung hören? Ich habe keine Ahnung, was jetzt kommen soll. Irgendwie müssen wir verhindern, dass Selsora verlobt wird. Außerdem wäre es prima, wenn die Reise von Thomas irgendwie platzt. Und dann wäre da noch das viele Geld, das in der Kasse fehlt und …"

„Halt mal ein, ein Problem nach dem anderen. Im Moment ist ja schon viel gewonnen, dass Selsora wohl auf deiner Seite steht. Wobei ich da immer sehr vorsichtig wäre an deiner Stelle. Immerhin ist Blut dicker als Wasser und sich als Tochter gegen den eigenen Vater stellen - wie soll das funktionieren? Selsora, die schicke von ihrem Vater in tolle Tücher gekleidete Erbin, die auf dem Heiratsmarkt ist - was soll die schon gegen den angesehenen Kaufmann Thomas Krumme ausrichten? Soll sie ihn verklagen? Das funktioniert doch nie. Irgendwann muss sie ihn zur Rede stellen und dann werden wir sehen, was passiert. Du solltest auf jeden Fall damit rechnen, dass du hier rausgeschmissen wirst. Leider Rolnor, schau mich nicht so an, als wäre ich von einem anderen Stern. Ich bin hier, um dir die Wahrheit aufzuzeigen. Leider wird sich, wenn es hart auf hart kommt, Selsora hinter ihren Vater stellen. Sie hat nämlich keine Chance. Alles andere wäre dumm von ihr." Rolnor nickte langsam. „Ja, mein Verstand sagt mir so etwas auch. Aber meinst du, dass Selsora ihm diesen Betrug einfach durchgehen lässt? Er hat sie doch fast ausgeraubt."

„Welche andere Chance hat sie denn? Am einfachsten wäre es für Selsora, sie überschreibt das Handelshaus auf Thomas. Dann bekommt er alles und sie lässt sich verheiraten. Mit einer großzügigen Mitgift versteht sich. Da kann sie vielleicht auf eine noch bessere Partie als Friedo hoffen. Wenn sie sich aber gegen ihren Vater stellt, wird sie alles verlieren. Da kann sie tausendmal recht haben."

Diese trüben Gedanken gingen Rolnor bis zum Abend nicht mehr aus dem Kopf und dass er Selsora den ganzen Tag über nicht gesehen hatte, machte die Sache auch nicht besser. Er wagte natürlich nicht, jemanden nach Selsora zu fragen - das wäre wirklich unangemessen und verdächtig gewesen. Auch der nächste Tag verging ereignislos und gerade dieses Nichtstun und Abwarten zerrte an Rolnors Nerven. Durch den schlechten Schlaf in den vergangenen Nächten war er mittlerweile todmüde und schlief endlich einmal schnell und tief ein.

Er erwachte mitten in der Nacht mit einem komischen Gefühl: Da stand doch jemand in seiner kleinen Kammer! Das konnte nicht wahr sein - normalerweise hörte er jeden, der die Treppe hochkam und die Tür hatte er auch nicht gehört. Also schlich sich jemand an. Rolnor lag ganz still im Bett und erwartete jeden Moment einen Angriff. Wie sollte er sich verteidigen? Was lag denn in Griffnähe? Rolnor überlegte und das Herz schlug ihm bis zum Hals. Da, die Person bewegte sich jetzt auf ihn zu. Warum war es heute nur stockdunkel? Wo war der Mond, wenn man ihn mal brauchte?

Da hörte er die sanfte Stimme von Selsora: „Rolnor, aufwachen, wir haben was zu besprechen."

„Selsora?" krächzte Rolnor, bevor er seine Stimme wieder unter Kontrolle brachte. „Du hast mir aber einen Schrecken eingejagt. Wie leise du hier reingekommen bist. Ich habe eben erst wahrgenommen, dass jemand im Raum steht und habe mir überlegt, wie ich mich am besten verteidigen kann." Selsora fing an, leise zu kichern. „Schön, dass ich dir gefährlich vorkomme."

Damit setzte sie sich zu ihm aufs Bett. „Schon ganz schön dunkel heute", murmelte Rolnor. „Ja, das ist auch gut so. Ich wollte nämlich nicht gesehen werden, wie ich in deine Kammer schleiche. Nicht, dass mir noch jemand unterstellt, ich wollte dich Marie wegnehmen." War da eine gewisse Schärfe in Selsoras Stimme? Rolnor konnte das nicht zuordnen. „Wie meinst du das?", fragte er. Selsora zuckte mit den Schultern und fuhr fort: „Na, wenn du schon Arm in Arm mit ihr durch Hattenheim ziehst - aber was solls, deswegen bin ich nicht hier. Ich habe darüber nachgedacht, was wir als nächstes tun werden." Rolnor wollte eigentlich lieber die Situation mit Marie klarstellen. „Also" fing er an „das mit Marie war ..." Weiter kam er nicht.

„Das tut nichts zur Sache, willst du jetzt mit mir besprechen, wie wir vorgehen können?" Rolnor hatte jetzt den Eindruck gewonnen, dass Selsora wirklich glaubte, dass er und Marie mehr waren als nur gute Freunde. Er merkte aber auch, dass Selsora jetzt nicht darüber sprechen würde. Also fragte er: „Du hast einen Plan?" „Na, einen Plan noch nicht so direkt, aber ich möchte unbedingt mit meinem Großvater sprechen. Ihm vertraue ich und er versteht auch das, was du herausgefunden hast, am besten. Ich habe lange gezögert, da er meinen Vater sowieso nicht mag und ihn für unzuverlässig hält, aber ich brauche jetzt seinen Rat."

Rolnor nickte zustimmend, merkte dann aber, dass Selsora ihn ja kaum sehen konnte und sagte: „Ich denke, du hast recht. Du vertraust ihm und er kann den Plan nachvollziehen und uns vielleicht auch sagen, wo wir uns geirrt haben. Soll ich dir die Unterlagen mitgeben?" „Nein", sagte Selsora, „ich kann ihm die Sachlage unmöglich erklären, das musst du schon übernehmen. Ich plane daher, mit dir zusammen morgen über den Rhein zu meinem Großvater überzusetzen."

Rolnor schnaubte: „Und du meinst, dass Thomas uns beide so mir nichts dir nichts einen Tag freigibt - also eher mir, damit ich mit seiner schönen Tochter nach Ingelheim übersetzen kann? Das wird so nicht funktionieren." Selsora entgegnete schnippisch: „Das war mir auch klar, daher müssen wir einen Plan haben. Ich hatte gehofft, wir könnten zusammen eine Idee aushecken, mir ist bisher noch nichts Vernünftiges eingefallen." Rolnor dachte ein wenig nach: „Das ist aber auch echt schwer, ich könnte so tun, als müsste ich irgendwie zu meiner Familie, aber so ohne Vorankündigung wird das schwierig." Eine Weile überlegten sie, entwarfen Ideen und verwarfen sie ebenso schnell wieder.

Nach einer Weile sagte Selsora: „Dann müssen wir eben spontan sein. Trag daher in der nächsten Zeit immer deine Unterlagen bei dir, damit wir zur Not spontan abrücken können. Vielleicht fährt Thomas morgen oder übermorgen selbst zum Markt oder - was viel wahrscheinlicher ist, er wird noch ein paar Einkäufe für die nächste Reise tätigen." „Ja, wenn er mich dabei nicht mitnimmt, wie so oft. Vielleicht können wir auch eine Gelegenheit nutzen, wenn Thomas und Ahlron sich besprechen. Das machen die nämlich in letzter Zeit immer hier im Kontor und das dauert echt lange. Manchmal zwei Stunden und ich bin nie dabei. Früher war ich bei den Reiseplanungen immer dabei."

„Das ist ja interessant", sagte Selsora. „Die scheinen ja einiges mehr zu planen also sonst. Nun, ich denke, es verdichtet sich immer mehr, dass hier etwas nicht mit rechten Dingen zugeht. Ein Grund mehr, schnell zu meinem Großvater zu kommen."

Rolnor pflichtete ihr bei. „Auf jeden Fall. Und es freut mich, dass du mir vertraust und mich in deine Pläne mit einbindest. Ich helfe dir gerne." Selsora lächelte jetzt ein wenig und erwiderte: „Das sagst du jetzt. Du weißt schon, dass das böse für dich ausgehen kann? Mir wird nichts passieren, aber wenn unser Plan schiefgeht, dann wird es Thomas so auslegen, als ob du mich dazu gedrängt hättest, mit dir durchzubrennen. Mit mir wird er ein wenig schimpfen und mich schnellstmöglich mit Friedo verheiraten. Aber das blüht mir auch, wenn ich nichts tue. Daher danke mir nicht, ich werde dich nicht schützen können."

Rolnor dachte über diese klaren Worte nach. Es war unvermeidlich: Wenn sie versuchten, nach Ingelheim überzusetzen und Thomas davon Wind bekam, dann konnte er hier vermutlich nicht länger bleiben - zumindest nicht, solange Thomas da war. „Ich denke", sagte Rolnor dann langsam, „ich werde zur Sicherheit ein paar Sachen in dem Versteck lagern, dass mir Marie gezeigt hat, damit ich zur Not abhauen kann, wenn es ganz eng wird."

Selsora nickte ernst und sagte „Ja, tu das. Ich hoffe zwar, du brauchst das nicht, es wäre für mich aber gut zu wissen, dass ich dich über Marie erreichen kann. So, jetzt schleiche ich mich aber wieder rüber. Es ist so unschicklich, dich hier zu besuchen", kicherte Selsora jetzt wieder heiter.

Dann wurde sie ernster und nahm Rolnor lange in den Arm. Diese Umarmung fühlte sich richtig gut an, durchfuhr es Rolnor. War Selsora jetzt nun sauer auf ihn, weil er mit Marie Arm in Arm durch Hattenheim gegangen war oder konnte sich doch noch was mit ihr entwickeln? Bald war er wieder allein in seiner Kammer und jetzt wieder Schlaf zu finden, war nicht so einfach. Im Morgengrauen packte er daher schnell ein paar Sachen und schlich zum Versteck, um sich für alle Fälle dort einnisten zu können.

Am nächsten Morgen wurde Rolnor von Thomas erst einmal Waren abholen geschickt, sodass Rolnor erst zur Mittagszeit wieder ins Handelshaus kam. Nachdem er auch diese Waren ins Lager eingeräumt hatte, trat er auf den Hof und wollte gerade seine Mittagspause antreten, da rauschte Selsora über den Hof in Richtung Wohnhaus und raunte Rolnor kurz zu: „Hast du die Unterlagen?" „Klar", gab Rolnor zurück. „Dann warte hier", sagte Selsora und ging ins Haus. Rolnor hatte jetzt zwar Hunger, aber er konnte seinen Posten nun nicht verlassen. Gespannt wartete er darauf, was jetzt kommen würde.

Nach einiger Zeit kam Selsora aus dem Haus, Thomas wütend hinterher. Rolnor hörte ihn sagen: „Jetzt ist aber Schluss mit deinen albernen Einwänden, die Verlobung ist am Wochenende und damit basta." Oh, ein Streit direkt vor den Mitarbeitern, das wollte Thomas bestimmt verhindern. Selsora aber rauschte geschickt in Richtung Rolnor. Sie erwiderte: „Das kannst du vergessen, ich habe dir …" weiter kam sie nicht, Thomas hatte sie jetzt eingeholt und sie standen nur wenige Meter von Rolnor entfernt. Thomas hatte ihn aber noch gar nicht wahrgenommen, so wütend war er.

„Wenn du jetzt zickig wirst, dann kann ich auch andere Saiten aufziehen!" schnauzte er Selsora an. „Ich sage am besten dem Pfarrer gleich Bescheid, dass wir am Sonntag eine Hochzeit haben. Ja, das ist das Beste, dann habe ich diese Diskussion ein für alle Mal beendet." Genau an diesem Punkt wollte Selsora ihn haben, mittlerweile waren einige andere Angestellte auch neugierig geworden, es gab also schon ordentlich Publikum im Hof. Selsora tat so, als sei sie vom Donner gerührt, schluckte und schluchzte theatralisch und sagte kleinlaut, als ob sie nachgeben würde: „Ist das dein letztes Wort?" Thomas dachte, er bekäme nun Oberwasser und antwortete viel ruhiger: „Allerdings, das hätte ich schon länger machen sollen, dann ist jetzt also Klarheit geschaffen." Selsora erwiderte „Vater, auf der einen Seite verstehe ich dich ja, auf der anderen Seite aber wieder nicht. Ich muss nachdenken und du drängst mich immerzu. Ich will jetzt auf der Stelle zu meinem Großvater, er wird mir sagen können, was ich tun soll."

Selsora dreht sich suchend um und sieht dann Rolnor an, sie tat so, als wäre das ganz zufällig. „Rolnor wird mich begleiten." Rolnor tat ganz erschrocken, als ob er nicht wie alle anderen im Hof auch, das Gespräch mit angehört hätte. „Was soll ich?" fragte er unsicher. „Los komm mit, wir setzen zu meinem Großvater nach Ingelheim über. Du begleitest mich, damit ich auch sicher ankomme. Auf beeil dich, die Fähre geht gleich." Thomas war perplex, damit hatte er nicht gerechnet. Allerdings rechnete er fest damit, dass Simon Sassmann, auch wenn er ihn nicht mochte, seiner Tochter gehörig die Leviten lesen würde, dass sie sich gegen den väterlichen Willen nicht aufzulehnen hätte. Daher erwiderte er: „In Ordnung, dann besuchen wir jetzt deinen Großvater. Ich begleite dich und …" weiter kam er nicht, Selsora hatte Rolnor schon zum Tor hinausgezerrt und er sah die beiden gerade noch um die Ecke biegen. Hinterherlaufen wäre unter seiner Würde gewesen. Immerhin sah mittlerweile schon halb Hattenheim bei diesem Streit zu. Sollte doch sein Schwiegervater sich mit Selsora herumplagen.

Bald darauf fanden sich Rolnor und Selsora auf der Fähre wieder. „Das hast du geschickt angestellt, gratuliere! Thomas so eine Szene im Hof zu machen und mich dann ‚ganz zufällig‘ zu sehen und ‚spontan‘ als Begleitung auszuwählen." Selsora grinste selbstzufrieden: „Ja, schauspielerisch war das eine gute Leistung und vor allem musste ich nicht preisgeben, dass es eigentlich um den Betrug geht, ich habe einfach die drohende Hochzeit vorgeschoben. Und das große Publikum hat es Thomas unmöglich gemacht, uns hinterherzulaufen, das verträgt sein Stolz nicht."

Rolnor und Selsora blickten eine längere Zeit schweigend auf den mächtigen Fluss. Nach einer Weile fragte Selsora: „Geht es dir auch immer so, dass am Rhein deine Gedanken klarer sind, dass das Wasser beruhigend auf deinen Geist wirkt?" „Ja in der Tat, deshalb sitze ich auch gerne mit Marie dort hinten unter den Bäumen am Ufer und schaue mir den Fluss an, wie er mächtig dahintreibt, die Pappeln am Ufer oder manchmal auch im Wasser stehend, je nach Wasserstand. Es ist schon ein schöner Ort, an dem man seinen Gedanken über die Vergangenheit, die Gegenwart und die Zukunft nachhängen kann. Im Moment beruhigt mich der Fluss aber nicht, wenn ich hier so neben dir stehe, dann bin ich ehrlich gesagt ganz schön nervös. Und ich meine nicht die Situation, dass wir bald deinem Großvater alles erklären müssen, nein, das macht mir eher Angst. Nervös bin ich, weil ich einen ganzen Schmetterlingsschwarm in meinem Bauch habe, weil du hier stehst."

Selsoras Reaktion auf dieses Eingeständnis ließ ein wenig auf sich warten. „Ach Rolnor, siehst du denn nicht, wie zwecklos das alles ist? Ich dachte, du wolltest mir helfen und hattest dir aus dem Kopf geschlagen, dass aus uns etwas werden könnte. Die Marie, die passt doch wirklich gut zu dir und ich dachte, du fängst jetzt auch an, ihr den Hof zu machen. Rolnors Schmetterlingsschwarm stürzte jäh ab und die vielen Schmetterlinge schienen auf einmal zu ganz vielen Backsteinen geworden zu sein, die in seinem Magen kaum noch Platz fanden. Luft, ich brauche mehr Luft. Rolnor atmete ein paar Mal kräftig ein und aus, konnte aber gar nichts mehr sagen. Er verstand die Abfuhr und tatsächlich wagte sich da sogar eine Träne ... Er blickte schnell weg, das musste Selsora nun wirklich nicht sehen. Daher sah auch Rolnor nicht, dass Selsora traurig und unsicher auf den Rhein starrte. Sie hatte sich soeben ihr eigenes Herz rausgerissen, da sie dachte, das Richtige tun zu müssen.

Tief geknickt nahm Rolnor Abstand von Selsora. Nach einigen Minuten trat Selsora aber wieder an ihn heran. „Ich wollte dir nicht wehtun, Rolnor, aber ... nein, Schluss jetzt damit! Wir sollten uns darum kümmern, wie wir meinem Großvater gegenübertreten", wechselte sie das Gesprächsthema. „Die Unterlagen hast du dabei? Wenn wir Glück haben, ist er in seinem Arbeitszimmer und wir müssen ihn nicht suchen.

Bald darauf standen sie vor dem großen stattlichen Wohnhaus, nachdem sie die Lagerhäuser hinter sich gelassen hatten. Hier war alles so viel größer als im Handelshaus Krumme. Geschäftig eilten viele Mitarbeiter hin und her, ein stetes Kommen und Gehen. Waren wurden angeliefert und begutachtet, einige Winzer brachten Wein, andere Handwerker ihre Waren und es wurde um Preise gefeilscht. Das Handelshaus Sassmann war wirklich ein großer Betrieb. Kein Wunder, handelte man hier doch von Basel bis Amsterdam und hatte einige Schiffe auf dem Rhein und dem Main unterwegs.

Sie betraten das Wohnhaus. Eine Magd empfing sie noch im Eingang. „Selsora, das ist aber schön, dass Sie uns besuchen kommen. Herr Sassmann hat davon gar nichts erzählt!" „Das kann er auch gar nicht, da ich mich nicht angekündigt habe. Ist er da?" „Na, da haben Sie aber Glück gehabt. Er hat sich gerade in sein Arbeitszimmer zurückgezogen, weil er noch ein paar Unterlagen durchsehen möchte. Eigentlich will er nicht gestört werden. Ich melde Sie aber mal schnell an."

Es dauerte nicht lange, da dröhnte aus einem der hinteren Zimmer: „Natürlich soll sie reinkommen, welch schöne Überraschung." Selsora blickte Rolnor kurz an und sagte: „Das war mein Großvater, aber den kennst du ja schon. Ich glaube, das heißt, dass wir reinkommen sollen. Komm mit." Sie nahm Rolnor an der Hand und zu Rolnors unendlich großer Verwunderung gingen sie Hand in Hand zu Simon Sassmann ins Arbeitszimmer rein. Simon zuckte bei dem Anblick nur kurz zusammen, hatte sich aber sofort wieder im Griff.

„Mein Kind, was führt dich zu mir? Oh, du hast Rolnor mitgebracht, euren Lehrling. Setzt euch zu mir." Und er deutete auf die Sitzecke, in der sie alle Platz nahmen. Nachdem einige Höflichkeiten ausgetauscht und kleine Erfrischungen aufgetragen worden waren, waren sie endlich allein und Selsora begann: „Sicher wunderst du dich, dass ich hier einfach so aufkreuze, aber es ist dringend und ich brauche deinen Rat."

„Du klingst sehr aufgeregt und unsicher. Ist Thomas etwas zugestoßen?" „Nein oder ja, ach, der Reihe nach. Es gibt eigentlich zwei Probleme. Das erste ist privater Natur und regt wahrscheinlich nur mich auf. Das zweite wird dich auch aufregen, daher erst mal das Private. Thomas möchte, dass ich Friedo Bassinger heirate, und zwar in ein paar Tagen. Erst wollte er mich nur verloben, jetzt spricht er von Hochzeit."

Simon unterbrach Selsora und sagte scharf: „Dann wird das vermutlich den Grund haben, den es immer hat in Fällen von schneller Heirat! Du hast dich mit Friedo eingelassen und jetzt müsst ihr sofort heiraten, damit keine Schande über dich kommt. Konntest du denn nicht warten? Immerhin stand das doch schon länger im Raum mit euch beiden." Selsora entgegnete: „Großvater, was denkst du von mir? Niemals würde ich mich freiwillig mit Friedo einlassen. Nein, so ist es nicht und ich verstehe auch gar nicht, warum mein Vater plötzlich mit Friedo wieder anfängt. Ich kann ihn nicht leiden und das weiß Thomas auch. Ich dachte daher, die Hochzeit wäre vom Tisch, bis er jetzt wieder damit anfing. Und weil ich mich nicht verloben wollte, will er mich am nächsten Wochenende gleich verheiraten."

Simon runzelte die Stirn: „Nächstes Wochenende wollte er dich verloben? Und wann wollte er uns dazu einladen? Sehr seltsam." Selsora ergänzte: „Aber das alles ergibt einen Sinn, wenn du erfährst, was Rolnor herausgefunden hat."

Rolnor begann zu erzählen, wie er sich anfing zu wundern, dass er die Buchführung immer nur in der Theorie und nie mit den echten Zahlen lernen sollte. „Das ist nicht so verwunderlich, das machen wir hier auch so, wer weiß schon, ob man einem Lehrling im 1. Lehrjahr vertrauen kann", kommentierte Simon.

Weiter berichtete Rolnor, dass er eines Tages zufällig die Bilanz des Fuhrparks gesehen hatte und dort der neue vierte Wagen nicht verzeichnet war und auch die anderen Wagen nicht abgeschrieben worden waren. Er erzählte, wie er weiter geforscht hatte und auch feststellte, dass die Einnahmen aus den Reisen immer nur teilweise verbucht wurden, die Ausgaben aber immer komplett. Er zeigte seine Abschriften und Aufzeichnungen der Bilanz, des Grundbuches und des Hauptbuches.

Simon Sassmann hörte aufmerksam zu. Als Rolnor dann den Zusammenhang zwischen den fehlenden Abschreibungen und den zu gering verbuchten Einkäufen aufzeigte, nickte Simon nur kurz und ließ Rolnor noch seine Aufzeichnung über das Handelsgeschäft mit und ohne Abschreibungen vorlegen.

„Alle Achtung, Rolnor, ich kann dir ganz gut folgen. Du behauptest also, Thomas hätte die Einnahmen bei den Reisen immer zu gering verbucht und das Geld in seine eigene Tasche gesteckt. Damit das in der Bilanz nicht so auffällt, hat er über mehrere Jahre hinweg die Abschreibungen auf den Fuhrpark und vermutlich auch auf die Gebäude weggelassen. Damit wollte er, dass das Eigenkapital höher in den Büchern steht, als es eigentlich ist. Bleibt die Frage: Warum? Wer sieht denn die Bücher an?"

Rolnor erwiderte: „Ich dachte, vielleicht würdet Ihr ab und zu in die Bücher …" Simon lachte: „Nein, in seine Bücher lässt Thomas mich sowieso nicht schauen und glaubst du, ich hätte den Schwindel dann nicht bemerkt?" Rolnor wurde rot und sagte kleinlaut: „Nun, daran hatte ich nicht gedacht." Simon ging großzügig über den Fauxpas hinweg. „Also bleibt nur: der Kreditverleiher. Thomas hat vermutlich Kredite für das Handelshaus aufgenommen und solche Kreditverleiher möchten oft eine Bilanz vorgelegt bekommen. Die schauen in der Regel nicht genauer in die Bücher rein und wenn sie sehen, dass das Anwesen einigermaßen gepflegt aussieht, geben die gerne einen Kredit. Mich würde also nicht wundern, wenn auch die Kredite höher sind als sie sein müssten. Hast du das auch nachgeschaut?"

Rolnor wurde etwas verlegen: „Nun, daran hatte ich nicht gedacht." „Macht nichts. Hast du aber überprüft, ob der Warenbestand bei der Inventur korrekt bewertet wurde?" Rolnor machte ein ganz unglückliches Gesicht. Jetzt verstand er gar nichts mehr. Was sollte der Warenbestand denn mit dem Betrug zu tun haben? Simon sah die Verzweiflung. „Gut, wie ich sehe, hast du daran nicht gedacht. Ich will es dir kurz erklären. Nehmen wir mal an, wir hätten am Jahresanfang und am Jahresende den gleichen Warenbestand. Dann muss ich den Warenbestand auch nicht korrigieren. Jetzt bewerte ich aber den gleichen Warenbestand willkürlich höher. Nehmen wir mal an, anstatt 300 Taler sage ich, die Waren sind jetzt 400 Taler wert, dann sieht das so aus:

Soll	Warenbestand		Haben
Anfangsbestand	300		
Wareneingang	100	Schlussbestand	400
	400		400

Der Saldo auf dem Konto ‚Warenbestand' wird immer über den Wareneingang abgeschlossen. Das Wareneingangskonto könnte dann so aussehen:

Soll	Wareneingang		Haben
alle Einkäufe	500	Warenbestand	100
		GuV	400
	500		500

Der Saldo von 100 reduziert also unseren Warenaufwand und somit, wenn wir uns jetzt mal die GuV anschauen, die Aufwendungen insgesamt.

Soll	GuV		Haben
Warenaufwand	400	alle Erträge	1150
alle Aufwendungen	500		
Gewinn (Eigenkapital)	250		
	1150		1150

Weniger Aufwand bedeutet, dass mein Eigenkapital zu hoch ausgewiesen wird. Das wäre somit ein weiterer Baustein, den man für einen Betrug nutzen kann."

Rolnor schaute auf die schnell dahingeworfenen Konten. „Ah, der Zusammenhang beim Abschluss war mir nicht klar. Ich probiere mal ein anderes Beispiel, da ich nämlich befürchte, dass die

Warenbestände insgesamt auch zurückgehen. Ich nehme hier mal an, dass wir viel weniger Waren am Jahresende haben, diese aber trotzdem zu hoch bewerten.

Der Saldo auf dem Konto ‚Warenbestand' ist jetzt aber im Haben, also geht er im Konto Wareneingang dann ins Soll, stimmt das?" Simon stimmte zu, und Rolnor fuhr fort. „Damit ich mir das klar machen kann, wäre hier der Vergleich zwischen der ehrlichen Warenbestandsbewertung bei der Inventur und der zu hohen Bewertung.

Im Vergleich beim Warenbestand sehe ich, dass der Schlussbestand bei falscher Bewertung größer geworden ist. Somit wird die Aktivseite der Bilanz vergrößert. Außerdem ist der Saldo, den ich in den Wareneingang buche, kleiner:

Soll	Warenbestand ehrlich		Haben
Anfangsbestand	300	Wareneingang	**200**
		Schlussbestand	100
	300		300

Soll	Warenbestand zu hoch		Haben
Anfangsbestand	300	Wareneingang	**100**
		Schlussbestand	200
	300		300

Daher wird auch im Wareneingangskonto der Abschluss an die GuV kleiner.

Soll	Wareneingang ehrlich		Haben
alle Einkäufe	500		
Warenbestand	**200**	GuV	**700**
	700		700

Soll	Wareneingang zu hoch		Haben
alle Einkäufe	500		
Warenbestand	__100__	GuV	__600__
	700		700

Was in meinem Beispiel für die GuV bedeutet, dass wir bei einer ehrlichen Bewertung sogar einen Verlust hätten, während wir bei einer zu hohen Bewertung einen Gewinn haben."

Soll	GuV ehrlich		Haben
Warenaufwand	700	alle Erträge	1150
alle Aufwendungen	500	Verlust (Eigenkapital)	__50__
	1200		1200

Soll	GuV zu hoch		Haben
Warenaufwand	600	alle Erträge	1150
alle Aufwendungen	500		
Gewinn (Eigenkapital)	__50__		
	1150		1150

Simon schmunzelte: „Ja, die Zahlen hast du geschickt gewählt, da man hier das ganze Ausmaß gut erkennen kann. Nur weil wir die Bestände zu hoch bewerten, können wir aus dem Verlust, der aufgetreten ist, in der GuV einen Gewinn machen. In der Realität hat sich aber nichts geändert, wir machen tatsächlich Verlust. Das führt also auch dazu, dass ich die regulären Einnahmen unterschlagen kann und es nicht gleich auffällt."

Selsora schaute interessiert von einem zum anderen: „Sehr interessant und was heißt das jetzt konkret?" Simon antwortete: „Nun, Rolnor hat ziemlich klar mit seinen Abschriften dargelegt, dass er an einen lange geplanten und durchgezogenen Betrug von Thomas glaubt. Ob er auch die Bestände zu hoch bewertet hat, konnte Rolnor natürlich nicht nachforschen, da er den Zusammenhang erst jetzt verstanden hat. Ich habe das vor allem deswegen ins Spiel gebracht, weil ich sehen wollte, wie weit Rolnor die Buchführung verstanden hat und ich muss sagen: Du verstehst das schnell." Dabei schaute er Rolnor anerkennend an.

Selsora fragte weiter: „Aber wieso betrügt mich mein eigener Vater um mein Erbe? Das verstehe ich nach wie vor nicht." Simon seufzte lange und tief. „Nun, da muss ich mir wohl eine Teilschuld eingestehen." Selsora schaute ihren Großvater überrascht an: „Wieso denn du? Wusstest du davon?" „Nein", erwiderte Simon, „ich befürchte nur, dass ich Thomas den Grund geliefert habe, eine solch teuflische Idee auszuhecken. Du hast ja schon immer bemerkt, dass Thomas und ich nicht gut miteinander auskommen. Das war schon so, als Thomas deine Mutter kennengelernt hatte und ist nie besser geworden. Ich war immer gegen die Verbindung der beiden. Helene allerdings wollte Thomas unbedingt. Und meiner Tochter gegenüber war ich leider zu weich. Ich hätte sie an einen anderen Bewerber verheiraten sollen, einen, der auch über Geld und Einkommen verfügte und nicht wie Thomas ein einfacher Handelsgehilfe war. Wie auch immer. Helene setzte ihren Wunsch durch. Aber ich habe damals darauf bestanden, dass das Handelshaus Krumme ausschließlich im Eigentum meiner Tochter blieb. Thomas hat es zwar geführt, war aber nie Eigentümer. Als du dann geboren bist, Selsora, habe ich für den Fall vorgesorgt, dass Helene vor Thomas stirbt. Mit einigen Tricks habe ich Helene dazu gebracht, ihr Testament so zu ändern, dass Thomas nichts erben würde. Es war mir ein Bedürfnis, das zu regeln. Ob Thomas davon wusste, als Helene starb oder ob sie es ihm nie erzählt hatte, weiß ich nicht. Das tut auch nichts zur Sache. Auf jeden Fall war das angespannte Verhältnis zwischen Thomas und mir dann endgültig ruiniert. Erst die Trauer um Helene, die uns beide packte und dann auch noch das Zerwürfnis über das Erbe. Einzig du Selsora, hast dazu beigetragen, dass wir uns ab und zu gesittet benommen haben und wir weiterhin Kontakt hatten. Ich hatte schon meine Tochter verloren, da wollte ich meine Enkeltochter nicht auch noch verlieren. Und ich hätte erkennen müssen, dass Thomas etwas vorhatte. Er war schon immer ein falscher Kerl und ich muss gestehen, ich habe zu wenig aufgepasst. Vielleicht hätte ich mir doch die Bilanzen anschauen sollen."

„Großvater", sagte Selsora vorsichtig „war es denn richtig, Thomas das Erbe ganz zu entziehen? Hast du ihn da nicht vielleicht sogar in den Betrug hineingetrieben?"

Simon erbleichte. „Wenn du nicht meine Enkeltochter wärst, dann würde ich dir diese Worte ganz schön übelnehmen, weil, ja weil, ja nun," -stotterte er - „weil du da leider recht hast" beendete er den Satz. Traurig sah er in die Runde.

„Trotzdem" begann Rolnor zaghaft „trotzdem ist es nicht richtig, was Thomas getan hat. Sein eigenes Kind zu betrügen, das geht gar nicht. Er hatte doch mit Selsora nie Stress, die beiden verstanden sich doch gut." Simon nickte. „Ja, das rechtfertigt sein Verhalten wirklich nicht. Rolnor, ich bin sehr froh, dass du das alles herausgefunden hast, bevor es zu spät ist. Du hast Klugheit und Mut bewiesen - alle Achtung."

Selsora bedachte Rolnor mit einem glücklichen Lächeln und stimmte ein: „Ja, er ist wirklich ein großes Risiko eingegangen. Eigentlich wollte ich Thomas alles sofort erzählen. Hätte er zu diesem Zeitpunkt nicht diese leidige Hochzeit immer wieder angesprochen, wer weiß, ob ich ihn mit den Vorwürfen konfrontiert hätte. Das wäre für Rolnor schlecht ausgegangen."

Selsora änderte ganz langsam ihre Stimmlage von zufrieden und glücklich zu erbost und sauer. „Und diese Hochzeit passt Thomas auch richtig gut in den Kram. Erst ruiniert er das Handelshaus, dann will er abhauen und vorher muss er mich noch mit einem reichen, verzogenen Winzerssohn verheiraten, damit der dann meinen Scherbenhaufen zusammenfegen kann. Klar, damit denkt er, die ist ja gut untergebracht und versorgt. Na danke."

„Nana, meine Enkeltochter, nicht so ungerecht. Friedo ist wirklich eine gute Wahl für dich. Ich hätte an Thomas Stelle auch keinen Besseren finden können. Er ist kultiviert, hat eine angesehene Stellung im Ort und arbeitet im Weingut bereits ordentlich mit. Er ist also kein Erbe, der nutzlos das Geld seiner Vorfahren verprassen wird. Außerdem mag er dich sehr, das ist ein riesengroßer Vorteil für dich - seine Gunst musst du nicht erst erwerben."

Selsora schnaubte „du hast ja keine Ahnung. Er ist arrogant, kennt noch nicht einmal seine eigenen Angestellten, ist grob mit Worten - Einfühlungsvermögen? Ha, Fehlanzeige!" Simon wurde ernst. „Selsora, du hast mich vorhin um Rat gefragt, was du tun sollst. Daher sage ich dir jetzt klipp und klar: Friedo zu heiraten ist eine gute Idee. Auch wenn dein Vater die falschen Ziele mit der Hochzeit verfolgt, wirst du Friedo Bassinger heiraten. So einen Fang solltest du dir nicht entgehen lassen. Am besten sogar sofort, damit er es sich nicht anders überlegt, falls er die finanziellen Probleme mitbekommt."

Jetzt platze Selsora der Kragen und sie fuhr ihren Großvater an, nahm aber sofort die Schärfe aus ihrer Stimme, da sie nicht ungehörig sein wollte. „Meiner Mutter hast du erlaubt, den Mann zu heiraten, den sie liebt. Warum darf ich das nicht? Warum soll ich eine gute Partie heiraten?"

„Selsora, hör zu, damals war es ein Fehler, dass ich nachgegeben habe. Den gleichen Fehler möchte ich nicht wieder machen. Du siehst ja zu, was das geführt hat."

„Ach was, meine Eltern waren doch glücklich miteinander. Das Problem kam doch erst auf, nachdem meine Mutter gestorben war. Das hat doch mit ihrer Ehe nichts zu tun." Simon schaute Selsora leicht zerknirscht an. „Da hast du nicht ganz unrecht.

Deine Eltern haben sich wirklich geliebt, das konnte man sehen. Aber was sollst. Ich bleibe dabei, Friedo ist ..."

„Großvater, nein. Ich will einen Mann heiraten, den ich liebe." Simon wurde nicht gerne unterbrochen, schluckte aber eine Zurechtweisung herunter und erwiderte. „Das habe ich auch vernommen, aber du hast im Moment keine Auswahl, oder? Willst du jetzt anfangen, nach deiner großen Liebe zu suchen, während du dir jetzt ein eigenes Leben aufbauen musst? Das funktioniert nicht."

Selsora antwortete schnell: „Ich muss nicht suchen, Großvater. Ich weiß genau, was, beziehungsweise besser gesagt, wen ich will. Nur, er weiß es noch nicht", grinste sie und fuhr fort: „Ich werde Rolnor heiraten."

Das schlug wie eine Bombe ein. Rolnor, dem das Gespräch über Friedo sehr unangenehm war und der am liebsten aus dem Zimmer gegangen wäre, wollte gerade einen Schluck vom Wein nehmen, als Selsora mit der Nachricht herausplatze - und er verschluckte sich. Das hatte er gar nicht erwartet. Hatte Selsora ihm auf der Hinreise nicht einen Korb gegeben? Und hatte sie ihm Marie nicht geradezu aufgedrängt? Er hustete ein paar Mal kräftig und japste nach Luft.

„Oh", entfuhr es ihm. Mehr konnte er nicht sagen und Simon sah ihm genau an, dass Rolnor mehr als überrascht war. Ein Schweigen breitete sich im Raum aus. Selsora blickte kampfeslustig ihren Großvater an, Rolnor blickte Selsora mit großen Augen staunend an und Simon blickte von einem zum anderen.

Plötzlich lachte er schallend, bis ihm die Tränen kamen. Das war überraschend. Als Simon sich etwas beruhigt hatte, sagte er, während er sich die Tränen vom Gesicht wischte: „Ach, Selsora, du hättest mal Rolnors Gesicht sehen sollen. Erstaunter kann ein

Mensch nicht schauen. Ich vermute mal, Rolnor, du hattest keine Ahnung, was meine Enkelin so vorhatte mit dir."

Und jetzt lachte Simon wieder herzhaft. „Aber so, wie ich die Dinge sehe, ist es dir nicht unrecht." Rolnor versuchte zu sprechen, bekam aber erst einmal kein Wort heraus. Er räusperte sich ein paar Mal und gab zu: „Das ist mein allergrößter Wunsch." Er wandte sich an Selsora: „Das kommt jetzt aber doch sehr überraschend, nach dem, was du mir noch auf der Überfahrt erzählt hast", drückte er sein Erstaunen aus. Selsora blickte ihn entschuldigend an. „Ach Rolnor, vorhin wollte ich die vernünftige Tochter sein, aber jetzt" - und sie lächelte - „jetzt will die glückliche Tochter werden."

Die beiden schauten sich verliebt in die Augen, bis Simon sich wieder meldete. „Also, ich bin auch noch hier im Raum. Irgendwie passt ihr schon gut zusammen. Das ist mir schon bei meinem letzten Besuch aufgefallen. Aber - nein - kein aber, ich bin ja so froh, dass ich das nicht entscheiden muss. Da dürft ihr euch mit Thomas auseinandersetzen." Er grinste und ergänzte: „Aber meine Zustimmung hättet ihr. Und Rolnor", ergänzte er: „Das wird kein ruhiges Leben!"

KAPITEL 10 SCHÖN, WENN AM ENDE DIE BILANZ AUFGEHT

Bevor Selsora oder Rolnor noch etwas sagen konnten, hörten sie aus der Eingangshalle Maries aufgeregte Stimme: „Ich muss aber zu Selsora, das ist wichtig!" Die Haushälterin sagte irgendetwas, nur Maries Stimme war durch die Tür zu hören. „Ja, auch wenn die Herrschaften nicht gestört werden wollen, bin ich mir sicher, dass sie bei den Informationen, die ich habe, eine Ausnahme machen würden." Bei diesen Worten sprang Selsora schon auf und lief zur Tür. „Komm rein, Marie, was ist denn los, dass du so aufgeregt bist und warum bist du überhaupt hier?"

Marie wurde hereingebeten und erzählte, dass Thomas nach dem überraschenden Abgang von Selsora und Rolnor sich kurz mit Ahlron zurückgezogen hatte. Bald darauf brach eine hektische Betriebsamkeit im Handelshaus Krumme aus. Thomas hatte beschlossen, dass sie die Reise vorzogen und es wurden sofort die Wagen gepackt. Marie hatte dann mit Winfred Bassinger, dem Senior Chef des Weingutes gesprochen und darum gebeten, dass sie Selsora diese Nachricht überbringen durfte. Da auch Bassinger Senior sich aus der Situation keinen Reim machen konnte, war dieser froh, dass damit auch Simon Sassmann unterrichtet wurde und schickte Marie los. Marie schloss ihren Bericht mit den Worten: „Winfred Bassinger hat dann Thomas noch gefragt, wie er sich das mit der Verlobung vorstellte, wenn er jetzt schon die Reise antrat und dann sagte Thomas so etwas wie: ‚Zur Not eben später oder ohne mich.'".

„Heute Abend können wir nicht mehr übersetzen", begann Simon die Planungen. „Aber gleich morgen früh und wenn wir Glück haben, ist Thomas dann noch nicht aufgebrochen." „Und wenn doch?", fragte Selsora. „Na, dann fällt uns auch noch was ein. Auf jeden Fall schauen wir uns dann im Kontor mal die Unterlagen genauer an, ob mit oder ohne Thomas und entscheiden, was dann zu tun ist. Das ist eine Aufregung. Für heute reicht es mir."

Aber daraus wurde nichts. Noch einige Stunden saßen sie zusammen und diskutierten darüber, wie man mit Thomas umgehen sollte, wenn sie ihn aufgehalten hatten. Dass sie ihn aufhalten würden, daran zweifelte niemand.

Am nächsten Tag zogen sie früh los. Simon Sassmann hatte zwei bewaffnete Gefolgsleute von seinem Handelshaus mitgenommen. Paul und Martin waren so etwas wie seine eigene Leibgarde auf Reisen - gut ausgebildete ehemalige Söldner, die dem Handelshaus Sassmann schon bei mancher Reise als Beschützer gute Dienste geleistet hatten. So war es nach dem Übersetzen ein kleiner Schock, dass Thomas bereits seit einigen Stunden abgereist war. Er war ungewöhnlich früh mit allen Ochsenwagen aufgebrochen. Das Handelshaus Krumme war fast menschenleer.

„Na, dann lass uns mal ins Kontor gehen und …" weiter kam Simon nicht, Selsora unterbrach ihn. „Was willst du denn jetzt im Kontor? Wir müssen schnell Thomas hinterher und ihn aufhalten! Für die Zahlenspielerei haben wir keine Zeit mehr." Simon grinste. „Selsora, du musst noch viel lernen. Thomas entkommt uns schon nicht. Wenn er wirklich unterwegs nach Wehen ist, dann holt ihr ihn mit den Pferden sehr schnell ein. Lass schon mal eure beiden Pferde versorgen, dass sie bald reisefertig sind. Ich brauche mit Rolnor vermutlich so eine Stunde, dann habe ich mir einen Überblick verschafft."

Selsora schaute ihren Großvater an, als habe er den Verstand verloren. „Aber, wir müssen ..." „Nein, Selsora, wir müssen nicht schnell sein, sondern überlegt handeln. Und jetzt sei so lieb und tu, was ich dir sage", sagte ihr Großvater bestimmt. Dann wendete er sich an Rolnor und sie gingen ins Kontor.

Selsora blieb nichts anderes übrig, als die Pferde zu versorgen - sie würden sie heute noch brauchen. Dann ließ sie Proviant einpacken. Es kam ihr vor, als verginge die Zeit im Flug. Sie wollte nicht verstehen, warum ihr Großvater erst noch die Buchführung mit eigenen Augen sehen wollte. Vertraute er Rolnor nicht? Nun, das wäre denkbar. Sie hingegen vertraute ihm voll und ganz. Als sie alles erledigt hatte, ging auch Selsora ins Kontor.

Simon Sassmann saß am Schreibtisch des Kontors und schrieb einen Brief. Rolnor packte gerade die Buchführungsunterlagen wieder an Ort und Stelle. Selsora platze heraus: „Und wie sieht es aus? Wann können wir los?" Simon blickte auf und unterbrach das Schreiben. „Um es kurz zusammenzufassen: Rolnor hat genau richtig gelegen. Alles, was er behauptet, stimmt und das reicht als Beweismittel vollkommen aus. Jetzt müssen wir handeln."

„Endlich!", entfuhr es Selsora. Simon fuhr unbeirrt fort: „Aber es ist noch viel schlimmer. Schau dir an, was wir gefunden haben." Damit nahm er ein Dokument vom Schreibtisch und reichte es ihr.

Selsora las die ersten Zeilen und stutzte. „Ich verstehe gar nichts mehr - das ist doch ein Gesellschaftsvertrag, oder?" Sie las weiter und murmelte: „das ist ja unerhört ... Teilhaber Thomas Krumme und Ahlron Wagner ... der Vertrag ist ja schon zwei Jahre alt ... hier wird bestimmt, dass Thomas 2/3 der Anteile und Ahlron 1/3 der Anteile haben wird, ... weil das Risiko für Thomas größer ist und die Idee von Ahlron kommt, ... das verstehe ich nicht ... Geschäftssitz soll in Göttingen sein ..." In Selsoras Kopf kreisten die Gedanken und ihr wurde regelrecht schwindelig. Dass an ihr ein Betrug geplant war, hatte sie eigentlich gewusst. Es war nur etwas ganz anderes, das jetzt schwarz auf weiß zu sehen. Sie musste sich irgendwo festhalten. „Selsora, du bist ja ganz bleich." Rolnor eilte zu ihr und half ihr, sich zu setzen. Simon drückte Selsora einen Becher Wasser in die Hand. „Hier, trink erst einmal. Das ist wirklich schwer zu ertragen." Selsora blickte die beiden an und trank ein paar Schlucke. Dann begann sie zu fragen: „Was hat das zu bedeuten: ‚das Risiko für Thomas ist größer und die Idee ist von Ahlron'?"

Simon antwortete: „Darüber haben Rolnor und ich auch etwas gerätselt. Weiter hinten wird es aber noch mal klarer beschrieben. Wir vermuten, dass Ahlron die Idee ausgeheckt hat, wie Thomas durch den Betrug zu einem eigenen Vermögen kommt. Vermutlich haben die beiden lange verhandelt, wie die Erträge des Betruges zwischen den beiden aufgeteilt werden konnten. Wenn die beiden auffliegen, verliert Thomas alles und Ahlron kann sich immer noch davonstehlen und sagen, er hätte nur auf Anweisung gehandelt. Daher vermuten wir, dass sie sich auf die Aufteilung 2/3 für Thomas und 1/3 für Ahlron geeinigt haben." Rolnor stimmte bei und sagte: „Etwas anderes erscheint uns nicht sinnvoll. Dadurch, dass Thomas das in den Vertrag mit reingeschrieben hat, hat er einen Teil des Risikos an Ahlron zurückgegeben, da er ihn als Ideengeber für den Betrug beschreibt. Sonst wäre es für Ahlron komplett risikofrei gewesen."

Selsora nahm noch einen Schluck Wasser: „Das ist ungeheuerlich, das schwarz auf weiß zu lesen. Geahnt haben wir es ja schon, aber jetzt … - nun, was können wir machen?"

Simon nahm den Faden wieder auf: „Ich schreibe gerade an den Grafen von Wehen einen Brief. Ich kenne ihn ganz gut und genau genommen ist er mir auch noch ein paar Taler schuldig, das sollte helfen. Ihr beiden werdet auf einem kleinen Umweg über Wiesba den nach Wehen reiten, damit ihr zwar vor Thomas ankommt, ihm aber vorerst nicht begegnet. Thomas hat zu viele Ochsenknechte dabei und auch wenn ihr beiden noch durch meine beiden Getreuen Paul und Martin verstärkt werdet, möchte ich kein Risiko eingehen. Paul und Martin haben mir in brenzligen Situationen immer gute Dienste geleistet und sie sind gut bewaffnet. Aber mit einer ganzen Gruppe Ochsenknechte können die beiden es auch nicht aufnehmen. Der Graf wird Thomas dann aufhalten. Das ist sicherer."

Selsora sah ihren Großvater verständnislos an: „Du kommst nicht mit? Wir sollen Thomas durch den Grafen aufhalten lassen? Dann bleibt das nicht in der Familie?"

Simon antwortete: „Nein, ich komme nicht mit. Das ist nichts mehr für meine alten Tage. Der Ritt über Wiesbaden nach Wehen wird mir zu anstrengend sein. Und ja, wir können das nicht mehr in der Familie klären, da Thomas das hier seit Jahren geplant hat. Der Vertrag mit Ahlron hat das Fass für mich zum Überlaufen gebracht. Er nimmt dir dein Erbe und teilt das mit seinem Angestellten, den er damit zum Kaufmann macht. Was zu viel ist, ist zu viel. Ich befürchte, dass er jetzt, wo er den letzten Schritt gemacht hat und dich allein gelassen hat, auch vor Gewalt nicht zurückschrecken würde. Da brauchen wir den Schutz des Grafen. Was danach passiert, liegt auch in deiner Hand, Selsora. Aber Thomas darf uns nicht entwischen, sonst bist du mehr als bankrott."

Selsora schluckte, wie ernst es mit den Finanzen stand, konnte sie am Gesicht ihres Großvaters ablesen und auch Rolnor bestätigte, dass es sogar noch schlimmer war, als er gedacht hatte.

Bald darauf verließen vier Reiter das Handelshaus Krumme in Richtung Wehen. Simon Sassmann übernahm solange die Geschicke des Handelshauses Krumme, denn es gab noch ein paar Angestellte, die verunsichert waren. Außerdem musste er Gerüchte verhindern, dass das Handelshaus Krumme pleite sei. Wenn diese Gerüchte erst einmal draußen wären, dann wäre ein Handeln fast unmöglich. Es ging beim Handel eben auch um Vertrauen und wenn das nicht mehr gegeben war, dann könnte Selsora gleich einpacken. Und Simon hatte vor, dass Selsora ihr Handelshaus behalten konnte. So wusste er, dass er jetzt seine eigene Reputation und zur Not auch ein paar seiner Taler einsetzen musste, damit das Handelshaus die Krise überstand. Wenn Selsora und Rolnor dann erst einmal die Wagen, die Waren und vor allem das fehlende Geld von Thomas zurückbringen würden, dann wäre die Situation überstanden.

In Wehen angekommen, begaben sich Rolnor und Selsora direkt zum Grafen. Mit Hilfe des Briefes fanden sie sich bald im Empfangszimmer des Grafen wieder. Der Graf war freundlich und zeigte sich sehr aufgeschlossen. Offenbar schuldete er Simon Sassmann nicht nur ein paar Taler und war sehr froh darüber, durch diese kleine Gefälligkeit seine Schulden loszuwerden, sodass er gleich Wein und Speisen auftragen ließ.

„Trinkt, esst, um euren Vater kümmern wir uns, sobald er eingetroffen ist. Meine Stadtwache wird mich informieren und dann schauen wir mal, was er zu sagen hat." Sichtlich zufrieden mit der Situation sprach der Graf dem Wein und den Speisen gut zu. Rolnor und Selsora hingegen waren sehr zögerlich. Selsora konnte vor Aufregung und Ärger kaum einen Bissen hinunterbekommen und auch Rolnors Magen war nicht entspannt. So aßen die beiden wenig und mieden den Wein, um einen klaren Kopf zu behalten.

Indessen war Thomas mit seinen Ochsenwagen kurz vor Wehen, als er auf einen ihm wohlbekannten Söldner traf. Es war der Söldner Eron, der den Geleitschutz von Wehen nach Limburg anführte und den Thomas im Verdacht hatte, was mit dem Räuber Schinderhannes zu tun zu haben. „Seid gegrüßt, fahrender Händler", wurde Thomas auch schon begrüßt. „Euch kenne ich doch, Krumme, richtig?" Thomas war erstaunt, sofort mit Namen angesprochen zu werden. Allerdings war er auch schon mehrmals von diesem Söldner begleitet worden. „Ja, das ist richtig, seid gegrüßt Eron. Könnt ihr mir sagen, wann der nächste Zug nach Limburg gehen wird?", fragte Thomas. „Der nächste Zug, na lustig, dass ihr fragt, ich dachte, ihr hättet euren Lehrling vorausgeschickt, um das zu organisieren. Nun, der nächste Zug geht in zwei Tagen."

Thomas war verunsichert. „Was meint ihr, ich hätte meinen Lehrling vorausgeschickt? Da müsst ihr jemanden verwechselt haben, er ist auf dieser Reise gar nicht dabei." „Ha, als ob ich den nicht sofort erkennen würde! Natürlich ist der da. Ja, das liebe Personal, macht nie das, was es tun soll."

Thomas stutzte, Ahlron wurde unruhig und flüsterte ihm zu: „Da stimmt was nicht. Das verläuft so gar nicht nach Plan. Wir sollten möglichst schnell nach Limburg hoch. Lass uns gar nicht nach Wehen reinfahren." Thomas überlegte kurz und antwortete laut zum Söldner: „Zwei Tage bis zum nächsten Zug sagst du? So viel Zeit möchte ich nicht verschwenden. Sag, gibt es eine Station zwischen Wehen und Limburg, die wir heute noch erreichen können?" Der Söldner überlegte kurz. „Na ja, den ein oder anderen Ort gibt es schon, aber eine sichere Reise wird das nicht. Ich würde nichts überstürzen. Du weißt ja, der Schinderhannes lauert auf der Reise immer mal wieder Händlern auf. Na denn, ich muss weiter. Wie gesagt, in zwei Tagen geht der Zug. Bis dahin!"

Damit ritt der Söldner weiter. Ahlron und Thomas berieten, was zu tun sei. Sie entschieden sich, den direkten Weg nach Limburg zu nehmen, ohne Wehen anzufahren. Richtigerweise befürchteten sie, dass Rolnor nicht allein nach Wehen gekommen war. Ihm wollten sie nicht begegnen. An den Schinderhannes glaubten sie sowieso nicht mehr und wollten sich nicht ins Bockshorn jagen lassen. Und so umfuhren sie den Ort und wollten an diesem Tag noch bis in den Abend hineinfahren, auch wenn die Tiere und die Knechte sich schon auf eine Rast gefreut hatten.

Der Graf hatte in der Zwischenzeit viel Gefallen am Wein gefunden und erzählte eine Geschichte nach der nächsten. Rolnor wartete immer ungeduldiger, dass endlich die Stadtwache kam. Thomas müsste doch schon längst da sein. Seiner Erinnerung nach waren sie immer am frühen Nachmittag in Wehen angekommen und diesmal war Thomas noch früher losgefahren als sonst. Auch

Selsora ließ die Geschichten ungeduldig über sich ergehen. Endlich betrat ein Bewaffneter den Saal, ging zum Grafen und flüsterte ihm ein paar Worte ins Ohr.

Der Graf unterbrach ihn schnell: „Sprich laut, unsere Gäste sollen die Nachrichten gleich erfahren." „Wie Ihr wünscht. Wir haben soeben die Kunde bekommen, dass Thomas Krumme an Wehen vorbeigefahren ist und sich direkt auf den Weg nach Limburg gemacht hat. Das war so vor ein oder zwei Stunden. Ihn heute noch einzuholen wäre schwierig."

Selsora stöhnte auf. „Das kann doch nicht sein, dass er uns jetzt noch entwischt!" Sie wandte sich an den Grafen: „Kann man denn da gar nichts machen?" Der Graf schaute aber nur den Bewaffneten an, der fortfuhr: „Werte Dame, wir hätten tatsächlich nichts tun können. Aber - und hier müssen wir Eron danken ..." Rolnor erschrak, Eron war der Söldnerführer, den er im Verdacht hatte, mit dem Schinderhannes unter einer Decke zu stecken. Was hatte Eron damit zu tun?

„...Eron hat Herrn Krumme zufällig getroffen und mitbekommen, dass er gleich weiterreisen wollte, auch ohne Geleitschutz. Und ..." - hier lächelte der Bewaffnete süffisant - „...das konnte Eron ja nicht auf sich sitzen lassen".

Jetzt lachte zum Erstaunen von Rolnor und Selsora der Graf auf. Der Bewaffnete fuhr fort: „Da hat er nach dem Schinderhannes geschickt, um Thomas Krumme aufzuhalten. Anschließend hat er mir Bescheid gegeben. Herr Graf, was sollen wir jetzt machen? Sollen wir ihn festnehmen?"

Der Graf war sichtlich zufrieden mit der Situation. Rolnor war jetzt auch klar, dass der Schinderhannes wirklich nur eine Erfindung des Grafen und seiner Leute war, um den Händlern teuren Geleitschutz zu verkaufen. ‚Auch eine clevere Geschäftsidee', dachte er ärgerlich. In diesem speziellen Fall würde es ihnen aber nützen.

Selsora fasste als Erste einen Beschluss: „Nein, nicht festnehmen. Ich denke, wir sollten ihm direkt jetzt einen Besuch abstatten und die Angelegenheit im Sinne der Familie klären." Der Graf stutzte. Es behagte ihm gar nicht, jetzt loszureiten und irgendwo auf dem Feld bei einbrechender Dunkelheit den Fall Krumme zu klären. Aber Simon Sassmann hatte in seinem Brief ganz klare Anweisungen erteilt, dass Selsoras Wünsche hier umzusetzen seien, auch wenn sie unkonventionell sein sollten. Und da der Graf die Schulden loswerden wollte, stimmte er zähneknirschend zu. „Na, dann lasst die Pferde satteln und Herrn Krumme besuchen", befahl er.

So brachen Selsora und Rolnor im Gefolge des Grafen auf und ritten vom Wehener Schloss aus in Richtung Limburg. Der Ritt war länger als gedacht. Thomas schien schon ziemlich weit gekommen zu sein. Wenn Eron ihn nicht gestoppt hat, dann haben wir heute vermutlich keine Chance mehr, ihn einzuholen, mutmaßte Rolnor. Nach einiger Zeit kam ihnen Eron entgegen, sichtlich erleichtert. „Los", brüllte er die Stadtwache an, „wenn es geht, ein wenig schneller, der Schinderhannes ist in Not."

Bald darauf hörten sie vor sich lautes Rufen und als sie um die Ecke bogen, bot sich ihnen ein denkwürdiges Bild. Da standen die vier Ochsenwagen, alle verfügbaren Männer hatten Mistgabeln, Schwerter oder Stöcke in der Hand. Ahlron stand auf einem Wagen und führte gerade ein Wortgefecht mit dem Anführer der Räuberbande, dem Schinderhannes.

Die Räuber hatten sich im Halbkreis um die Ochsenwagen gestellt, warteten aber in einigem Abstand. Sie waren nicht gut bewaffnet und es waren auch nur vier weitere Männer. ‚Für eine Räuberbande erschreckend schlecht', fuhr es Rolnor durch den Kopf. Das schien auch Ahlron so zu sehen. „Euch paar lausige

Buben, die hauen wir gleich weg, wenn ihr uns nicht sofort vorbeilasst. Los, beeilt euch, eure Mütter wollen euch Bengels doch in ganzen Stücken wieder zu Hause sehen!"

Der Schinderhannes entgegnete: „Ihr fahrt heute nicht mehr weiter und am besten haut ihr ab, bevor wir euch das Fell über die Ohren ziehen." So richtig überzeugend kam das nicht rüber. Der Schinderhannes hatte zwar ein altes Schwert, mit dem er fuchtelte, wusste aber auch, dass die Ochsenknechte und die beiden Händler ihnen weit überlegen waren. Er hatte auf die Schnelle kaum Leute zusammenbekommen für die Aktion und musste nun auf Zeit spielen, da er wusste, dass Eron bald die Stadtwache schicken würde.

Daher war er sehr erleichtert, als er die Reiter sah. Auf seinen Wink hin verzog sich die Räuberbande im Wald, viel schneller als sie gekommen waren. „Huch", entfuhr es Ahlron, der noch nicht mitbekommen hatte, dass die Stadtwache von hinten ankam. „Das ging jetzt aber flott. Los, Leute", kommandierte er weiter, „steht nicht so herum, wir wollen noch weiter in Richtung Lim…" Weiter kam er nicht, denn jetzt sah auch er Eron und die Stadtwache und was viel schlimmer war, er sah Rolnor und Selsora im Gefolge des Grafen.

Ahlron reagierte blitzschnell und er verschwand ebenfalls im Wald, noch bevor die Stadtwache die Ochsenknechte umstellen konnten. Diese legten sofort ihre provisorischen Waffen nieder. Der Graf winkte Thomas zu sich. Er hatte noch gar nicht mitbekommen, dass Ahlron geflohen war. Eron hingegeben schon und er schickte zwei Männer ebenfalls in den Wald, Ahlron zu suchen. „Los, holt den Burschen zurück!"

In der Zwischenzeit war Thomas beim Grafen angekommen. Dieser blieb auf dem Pferd sitzen. Er wollte die Angelegenheit schnell hinter sich bringen. „Thomas Krumme, ihr seid angeklagt, das

Vermögen eurer eigenen Tochter auf betrügerische Weise an euch gebracht zu haben."

In der Zwischenzeit waren Rolnor und Selsora abgestiegen und standen neben dem Grafen, der weiterhin auf seinem Ross sitzen blieb. Thomas sah Selsora an, dann Rolnor und am Ende den Grafen. Er wollte gerade etwas sagen, als der Graf ihm zuvorkam: „Hier liegt ein Vertrag vor, der das Vermögen eurer Tochter in ein neu gegründetes Handelshaus Krumme und Wagner überführt, auf nicht legale Weise." Sehr unbeholfen kam dem Grafen die Anklage über die Lippen. Eigentlich hatte er gar nichts von dem verstanden, was Simon Sassmann ihm im Brief erklärt hatte. Selsora war aufgebracht genug, um sich einzuschalten, obwohl es ihr angesichts des Grafen gar nicht zustand:

„Vater, was hast du dir dabei gedacht?" Thomas sah sich hilfesuchend nach Ahlron um, der aber verschwunden blieb. Dann sah er wieder den Grafen an, der auf eine Antwort zu warten schien, ebenso wie seine Tochter. Ja, was hatte er sich nur dabei gedacht. Da stand seine geliebte Tochter und er musste sich verteidigen, dass er ihr Eigentum so schändlich in seinen Besitz bringen wollte. Thomas versuchte es gar nicht mehr mit einer Lüge. Jahrelang hatte er gelogen und betrogen. Jetzt, wo endlich Schluss damit war, war er fast schon froh darüber. Allerdings ahnte er, dass das noch ganz böse Folgen haben könnte. Thomas begann ganz leise: „Ach Selsora, es tut mir wirklich so leid, dass es so gekommen ist." Der Graf, der nichts hörte, weil Thomas so leise war, fuhr ihn an: „Sprich gefälligst lauter, sodass wir dich alle hören können." Thomas strengte sich an, mit einem Kloß im Hals sprach er weiter. „Ich kann es nicht rechtfertigen, ich habe tatsächlich versucht, dein Vermögen in Teilen an mich zu bringen, da ich sonst auf der Straße gesessen hätte, wenn du einmal heiraten würdest. Ahlron kam eines Tages mit der Idee, die Verkäufe unterzubewerten und damit Geld zur Seite zu legen für einen Neustart. Den Neustart wollte er erst in Siegen, später dann in Göttingen mit einem eigenen Handelshaus. Ich vermute, ihr habt den Vertrag gefunden, den wir in der Hektik des Aufbruchs nicht mitgenommen haben. Nun, das ist vermutlich besser so, dann wissen jetzt alle Bescheid." Thomas konnte kaum noch sprechen, er schämte sich in Grund und Boden. Selsora hakte nach: „Aber warum? Das verstehe ich nicht?"

Thomas murmelte etwas, sprach dann aber gleich laut und deutlich, damit der Graf ihn auch verstehen konnte: „Weißt du, ich war damals sehr wütend, als ich erfuhr, dass du als alleinige Erbin des Handelshauses eingetragen warst und ich nichts hatte. Eines Tages, so wusste ich, würdest du heiraten und dann könnte mich dein Ehemann vom Hof jagen. Dafür war ich zu stolz. Ich wollte nicht als Bittsteller deinem Mann gegenüber oder als Angestellter für irgendjemand anderen arbeiten. Und da kam Ahlron mit dieser Idee. Als dann der Kreditverleiher misstrauisch wurde, weil das Eigenkapital so langsam litt, habe ich mir die Bilanzmanipulationen ausgedacht. Deswegen ist es so lange gut gegangen. Ahlron hat mich schon lange bedrängt zu gehen. Ich habe es immer wieder hinausgezögert. Mir war klar, dass der Preis ist, dich zu verlieren. Ein viel zu hoher Preis." Thomas sammelte sich.

Jetzt mischte sich der Graf ein: „Wo ist eigentlich dieser Ahlron?" Suchend schauten sich alle um und Eron musste eingestehen, dass seine Leute ihn nicht gefunden haben. „Sucht weiter!" befahl der Graf, „er soll auch seine Strafe bekommen, immerhin sind die beiden schuldig wegen Bilanzmachereien und so weiter." So ganz sattelfest war der Graf in Wirtschaftsdingen nicht, aber dafür hatte er im Normalfall ja auch seine Leute. Doch jetzt musste er Recht sprechen. „Daher spreche ich euch beide schuldig, Thomas und auch Ahlron in Abwesenheit."

Thomas erbleichte, denn er erkannte in dem Moment, dass ihm der Kerker nicht erspart werden würde. Nun, das war wohl sein Schicksal. Er würde sich dagegen nicht zur Wehr setzen.

Da wandte sich Selsora an den Grafen. „Werter Graf, kann ich mit meinem Vater kurz unter vier Augen sprechen?" „Natürlich. Verabschiedet euch ruhig von eurem Vater."

Selsora winkte Thomas zur Seite, überlegte kurz und holte Rolnor noch dazu. „Vater, meine einzige Frage ist: Hast du wirklich geglaubt, ich hätte dich jemals weggeschickt?" Traurig schaute Thomas seine Tochter an: „Wenn ich jetzt darüber nachdenke: Nein, das hättest du nie gemacht. Aber ich, ich habe dich hintergangen und die ganze Sache ist mir über den Kopf gewachsen. Es tut mir wirklich leid, dir so wehgetan zu haben. Ja, ich habe dich hintergangen, meine eigene geliebte Tochter. Warum? Weil ich mich an deinem Großvater rächen wollte. Er hat mich nie akzeptiert und selbst als Helene gestorben ist, konnten wir nicht gemeinsam trauern. Und dann hatte er mich bereits vorher komplett enterbt. Ich redete mir ein, dass ich eines Tages allein dastehen würde, ohne Geld und ohne Arbeit. Nämlich wenn du heiratest und ein anderer das Handelshaus Krumme führen würde. Und da hat Ahlron mich auf die Idee gebracht, still und heimlich über eine lange Zeit hinweg, mir ein eigenes Vermögen aufzubauen und dann kurz vor deiner Vermählung unterzutauchen. Er war auch sehr überzeugend und hat mir immer wieder klar gemacht, dass ich enterbt wurde."

Selsora schaute ihren Vater an und musste ein paar Mal schlucken, bevor sie wieder sprechen konnte. „Es tut weh, dass du glaubst, ich hätte dich vom Hof gejagt!" „Na, du nicht", entgegnete Thomas zaghaft, „aber dein Zukünftiger vielleicht. Oder er hätte mich als Handlanger beschäftigt. Nein, das wollte ich nicht, ich empfand, als ob ich mehr verdient hätte. Das war mein großer

Fehler. Jetzt erkenne ich, dass wir gemeinsam bestimmt eine Lösung gefunden hätten. Dafür ist es jetzt leider zu spät."

Jetzt schaltete sich Rolnor ein. „Aber du hast das Handelshaus ganz tief in die Schulden gefahren. Und jetzt hast du noch viele Waren und die Kasse mitgenommen. Im Handelshaus ist nichts mehr da, womit Selsora neu anfangen könnte. Das passt nicht so ganz zu deiner Geschichte, dass du nur einen Neuanfang haben wolltest, das wäre auch mit weniger gegangen." Thomas nickte. „Das war auch erst der Plan, dann hatte Ahlron aber die Ansicht, dass Friedo unserer Selsora schon auf die Beine helfen würde. Finanziell kann er das und er hatte sich ganz schön in sie verliebt. Ehrlich gesagt, glaube ich auch, dass er das immer noch tun würde."

Selsora fuhr hoch: „Ich kann den Namen Friedo nicht mehr hören. Der kommt für mich niemals in Frage. Weißt du, wen ich heiraten werde? Ob du es willst oder nicht?" Thomas schaute verdattert drein, ob des Themenwechsels.

„Ich werde Rolnor heiraten und genau aus diesem Grund steht er jetzt bei diesem Gespräch auch neben mir. Ich dumme Gans hoffe immer noch, dass du deine Zustimmung zu meiner Wahl gibst, auch wenn es im Grunde keine Rolle mehr spielt. Du weißt, was dir blüht? Der Schuldturm! Und das zu wissen, tut mir weh, auch wenn du es verdient hast."

Selsora war jetzt in Fahrt, hörte aber auf, als Rolnor kurz ihre Hand beruhigend drückte und sagte: „Eins nach dem anderen, Selsora. Ich hätte einen Vorschlag, mit dem wir vielleicht alle leben können."

Thomas und Selsora schauten Rolnor neugierig und hoffnungsvoll an und er fuhr fort: „Du könntest den Grafen bitten, die Strafe milder zu gestalten und Thomas aus der Region verbannen zu lassen. Dann müsste er nicht in den Schuldturm. Immerhin wurde er durch die Familiengeschichte ein wenig dazu gedrängt, wenn auch am Ende seine Gier dich fast in den Ruin getrieben hätte. Meinetwegen soll Thomas einen Neustart bekommen, gib ihm einen Wagen mit, etwas Ware und einen kleinen Geldbetrag. Die Schwarzkasse soll er dir aushändigen. Den Wert aller Sachen soll Thomas als Kredit für einen Neubeginn bekommen und dir in 10 gleichen Beträgen, jeweils an deinem Geburtstag bei einem persönlichen Besuch zurückzahlen. So ist sichergestellt, dass ihr in Kontakt bleibt und hoffentlich die Zeit die Verletzungen heilt. Ich weiß, im Grunde könnt ihr beide nicht anders."

Rolnor hatte hier den Nagel auf den Kopf getroffen. Selsora hatte ihren Vater bis vor kurzem heiß und innig geliebt und auch Thomas war immer stolz auf seine geliebte Tochter gewesen. Selsora nickte und sagte: „Der Vorschlag scheint mir wohlüberlegt. Auf der einen Seite kann Vater neu anfangen, auf der anderen Seite wird mein Geschäft nicht geschädigt und mindestens einmal im Jahr sehe ich dich wieder" und sie blickte ihren Vater an. Der nickte zustimmend: „Nichts lieber als das. Das ist überaus großzügig. Ich werde dir natürlich dein Kapital mit Zinsen zurückzahlen, das versteht sich von selbst. Wenn du so großmütig zu deinem Vater sein kannst, kann ich mich glücklich schätzen, so eine wunderbare Tochter zu haben. Ich werde jedes Jahr pünktlich sein", versprach Thomas und ergänzte: „Außerdem ...", jetzt stotterte er etwas und druckste herum „Außerdem wäre es schön, wenn ihr mich auch zu eurer Hochzeit einladen könntet."

Selsora grinste und fiel ihrem Vater in die Arme. „Dann, mein lieber Vater, kommst du erst einmal mit nach Wehen. Morgen wird dort nämlich eine Hochzeit stattfinden, auch wenn es selbst der Bräutigam heute noch nicht weiß."

DANK

Danke an meine Frau, die das ganze Projekt über mit mir unendlich viel Geduld hatte. Außerdem stand sie mir immer mit Rat und Tat zur Seite.